Le Scribe cosmopolite – Roman
Collection dirigée par Osama Khalil

Maquette et illustration de la couverture
Osama Khalil

Maria ZAKI

Le Masque de Venise
ou
Le Triptyque Fantastique

Nouvelle édition

Prix Gros Sel du Public 2009 - Bruxelles

©
Le Scribe l'Harmattan
ISBN : 978-2-343-07889-2

Entre les rivages des océans et le sommet de la plus haute montagne est tracée une route secrète que vous devez absolument parcourir avant de ne faire qu'un avec les fils de la Terre.

Khalil Gibran

Avant-propos

Trois aventures attachantes dans le royaume de l'inconscient et des rencontres extraordinaires :
«Le masque de Venise», «La métamorphose numérique» et «Le mystère de la bibliothèque».

Dans la première, Nadia et Adam passent leur lune de miel à Venise. L'achat par Adam d'un vieux masque, dans une petite fabrique vénitienne, permet à son épouse d'effectuer un étrange voyage dans le temps, au XVIème siècle. Elle se retrouve dans un somptueux château de la Renaissance italienne où elle vivra des événements plus étranges les uns que les autres.

Dans la deuxième, Nadia rejoint les Avatars ; une communauté d'internautes.
Depuis son appartement parisien, ses intrusions dans ce monde virtuel appelé « Second World » l'exposent à l'accoutumance.

Dans la troisième aventure, Nadia parvient à déchiffrer l'écriture codée d'un ouvrage de travaux d'alchimie réalisé par son beau-père. Elle rencontre Rimbaud et Rilke, dans sa bibliothèque qui, chaque soir à minuit sonnante, se transforme en un salon littéraire.

Ce roman est un triptyque fantastique où le voyage dans le virtuel rejoint le réel ; où la fiction emprunte et dévoile les éternelles questions de l'existence.

Osama Khalil

Le masque de Venise

I

- Regarde Nadia, ici on dirait que les habitants ont dû abandonner les niveaux inférieurs de leurs maisons, fit remarquer Adam.
- Oui, c'est assez impressionnant, le niveau d'eau ne cesse de monter. On voit les traces des inondations sur les murs.
- Si l'affaissement de Venise continue ainsi, la mer qui s'engouffre dans la lagune va finir par engloutir toute la ville.
- Ce serait vraiment une catastrophe, j'espère que les Italiens vont trouver une solution. Que serait l'Italie sans Venise !
- Ne vous en faites pas Madame, il y a déjà un grand projet en cours qui consiste en la pose de plusieurs digues mobiles dans les passes de la lagune afin de protéger la ville, une véritable machine de guerre qui coûtera, paraît-il, quatre milliards d'euros, expliqua le gondolier vénitien.
- Dites donc, on voit les grues d'ici, ça a l'air d'être un énorme chantier. Les travaux viennent de commencer ? demanda Adam.
- Non, ils ont démarré en 2003 et devraient s'achever dans quatre ans.
- Mais ces digues seront-elles vraiment efficaces ? interrogea Nadia.

- Ceci est déjà un sujet de controverse mais peu importe, Venise la cité construite sur pilotis, est déjà un défi, rien que le pont du Rialto que nous venons de dépasser, repose sur six mille de ces piliers de bois.
- En effet, quand on pense qu'elle fut construite dans une zone marécageuse, c'est vraiment fabuleux. Je suis sûr que si l'on avait dit à ses fondateurs qu'elle allait rester debout pendant plus de quatorze siècles, ils ne l'auraient pas cru, et pourtant !

Ainsi Nadia et Adam arrivèrent au terme de leur première promenade en gondole à Venise, la destination romantique que le jeune couple avait choisie pour sa lune de miel. Cette ville occupait dans l'esprit de Nadia une place exceptionnelle depuis qu'elle avait lu un livre d'histoire à ce sujet. C'est ainsi qu'elle apprit que cette cité magnifique fut rayonnante et complètement indépendante pendant des siècles. La Sérénissime au cent îles, aux ponts innombrables, aux palais miraculeux, la terre des rives embaumées, de la lumière et des amours indomptées, était aussi une école d'art triomphante qui eut pour maîtres Bellini, Titien, Véronèse, Giorgione et Tintoret.

Nadia disait que tout peintre, architecte, sculpteur, voire tout être sensible à l'art, ne saurait se dispenser de faire ce voyage au moins une fois dans sa vie, et que mille ans d'histoire témoignaient à cette cité féerique d'un savoir vivre très particulier : Venise et l'eau, des amis inséparables et aussi des adversaires.

Il y a là un paradoxe extraordinaire : l'eau qui donne tout son sens et son histoire à cette merveille, constitue également une menace pour sa longévité.

Le premier endroit où les jeunes s'étaient rendus fut la Place Saint-Marc. Ils visitèrent la magnifique Basilique et le Palais des Doges, des merveilles du centre historique de la ville. L'architecture raffinée de ces lieux assimilait aussi bien les arts de l'Orient que ceux de l'Occident. L'histoire de Venise avec ses évolutions artistiques était clairement représentée par les différents styles architecturaux du roman au baroque en passant par le byzantin, le gothique ou encore le renaissant. La façade de la basilique Saint-Marc s'est parée au fur et à mesure de divers revêtements, sculptures et autres décorations, et la salle du grand conseil du Palais des Doges était à elle seule un vrai chef d'œuvre témoignant du génie des grands peintres de tous les temps.

Peu de temps après leur sortie de ces bâtiments, les jeunes mariés remarquèrent, sur l'un des murs du palais, une sculpture représentant une tête hideuse et effrayante, la bouche entrouverte : c'était la fameuse bouche des dénonciations.

- Un petit billet glissé anonymement dans cette bouche, dit Nadia, et tu pouvais te retrouver en prison.

- Le pouvoir devait aimer la délation secrète, c'était sans doute un bon moyen pour tyranniser le peuple, fit Adam sur un ton plus grave.

Le soir arriva trop vite, les jeunes n'avaient pas vu le temps passer à cause de l'immense pouvoir d'attraction de ces lieux. La nuit étant douce et plaisante, ils décidèrent de dîner en terrasse dans l'un des restaurants de la Place, en discutant tranquillement. Le couple se rappela sa visite, un mois auparavant, à l'Institut du Monde Arabe à Paris à l'occasion d'une très belle exposition sur Venise et l'Orient, couvrant plusieurs siècles du XIVème au XVIIème. Il en ressortait clairement l'importance des rapports privilégiés que la Cité-Etat entretenait, grâce au commerce, avec le Proche-Orient.

- A la fin du XIIIème siècle, Venise commença à se couvrir de palais, à se parer de tapis d'Orient, de soieries, de brocarts et de velours. Pour certains de ces objets, la question continue à se poser : sont-ils vénitiens ou orientaux ? demanda Nadia.

- C'est vrai, il paraît que les experts s'y perdent encore aujourd'hui ! répondit Adam.

Après le dîner, les jeunes gens quittèrent la Place Saint-Marc. Ils passèrent devant le Pont des Soupirs qui reliait les cellules d'interrogation du Palais des Doges aux prisons de Venise. Son nom suggère les soupirs des prisonniers qui le traversaient pour aller devant les juges avant de se retrouver enfermés en prison pour le restant de leurs jours. Le pont, totalement fermé, projetait une grande ombre sur le canal aussi noire que la tristesse et les lamentations des malheureux prisonniers qui durent l'emprunter : une autre facette obscure de la tyrannie du pouvoir.

- Et dire que Casanova fut le seul détenu à s'être évadé de ces prisons horribles. Il y a tout de même passé deux longues années de sa vie, peut-être que son fantôme rode encore par ici, dit Nadia.
- Approchez belle étrangère ! *Rien de tout ce qui existe n'a jamais exercé sur moi un si fort pouvoir qu'une belle figure de femme.*
- Arrière étranger exubérant ! Ni vos yeux de séducteur, ni vos mots de flatteur, ne me charmeront, mon cœur est déjà pris.
- C'est ce que nous allons voir ! Cette nuit, vous serez mienne coûte que coûte. *Je l'ai promis à Dieu !* dit Adam en embrassant son épouse.
- Mon cœur froid commence à fondre, cela se peut-il que je succombe à votre charme ? Vous ne voyez pas dans quel état votre baiser m'a mise ?
- Oubliez tout ma belle, oubliez le monde entier, et songez aux délices cachés que moi seul pourrai vous faire savourer !

Les deux amoureux continuèrent à roucouler en déambulant avec bonheur. La douceur du temps exceptionnelle, en cette nuit de septembre, leur semblait si magique qu'ils mirent longtemps à regagner leur hôtel.

Le lendemain, après avoir fait la grasse matinée, ils s'apprêtaient à sortir. La réputation de Venise ayant amené le tourisme de masse et ses inconvénients, pour découvrir son côté enchanteur il leur fallait sortir des grandes artères et flâner dans les ruelles étroites des quartiers résidentiels des Vénitiens, ou bien emprunter les petits canaux loin de la foule.

Ils s'engagèrent dans l'une de ces petites ruelles calmes où l'on voyait le linge sécher aux fenêtres. Elle respirait les bonnes odeurs de la cuisine italienne. Une petite rue faite pour plaire aux jeunes parisiens comme eux, venant du Quartier Mouffetard et sachant apprécier le cœur historique d'une ville à sa juste valeur. Au bout de deux heures de balade de venelle en venelle, ils arrivèrent à une place avec une petite église au charme captivant, un lieu préservé qui échappait à l'attention des touristes. Un bijou caché au cœur des quartiers profonds de Venise, où l'on pouvait admirer des toiles rares, des fresques sublimes et des mosaïques à couper le souffle.

A chaque fois qu'ils s'arrêtaient quelque part, ils avaient l'impression de vouloir y demeurer longtemps, indéfiniment. Eux, qui n'avaient pas toujours l'occasion de ressentir pareille détente, étaient disposés à profiter de chaque parcelle de temps et d'espace qui leur était offerte, aussi minime fût-elle et ce, durant tout le temps de leur séjour à Venise.

Ils continuèrent à déambuler ainsi dans les ruelles étroites de la cité sans idée préalable de destination. Ils finirent par se perdre et là, ils tombèrent sur une petite fabrique de masques vénitiens, aussi délabrée que discrète, qui mystérieusement attira Nadia de manière irrésistible. A l'intérieur, il y avait des modèles de toutes sortes : Colombine, Pierrot, ou encore Pinocchio, Bacchus ou autres, mais certains étaient de véritables chefs-d'œuvre, tellement beaux et majestueux.

Au fond de cette fabrique, qui faisait aussi fonction de boutique, se trouvait un local réservé à des œuvres anciennes absolument splendides. Nadia resta scotchée devant l'une d'elles : un masque représentant une belle femme. Il était peint à la main d'une patine naturelle, de manière à avoir l'apparence d'un vrai visage. Il avait sur le front quelques perles et des rubans dans les tons camaïeux qui lui donnaient un air plaisant de fête, mais son aspect général témoignait de son ancienneté.

Ignorant ce qui l'avait fait s'arrêter à cet endroit barbant en apparence, Nadia était maintenant entièrement séduite, conquise au possible par le masque ancien. Elle se mit à penser aux mains qui l'avaient palpé, aux yeux qui l'avaient admiré et à la femme qui l'avait acheté dans le ravissement de porter ce magnifique objet à une fête parée ou à un bal masqué.

Le vendeur expliqua au jeune couple que cette *bauta* avait été modelée par un artisan adroit du XVIème siècle sur le visage d'une dame vénitienne de l'époque et qu'elle portait de ce fait l'empreinte d'un visage qui avait réellement existé. C'était là de quoi fournir un ample substrat à l'imagination de Nadia et une raison indiscutable à son désir de l'acquérir. Sans faire la moindre réflexion, Adam offrit le vieux masque à son épouse, on aurait dit que son geste était dicté par une force mystérieuse.

II

Vers dix heures, convaincus que la nuit serait douce et belle, ils rentrèrent à l'hôtel par le chemin des écoliers. Comme la veille, les violons jouaient et les amoureux roucoulaient. La lune pure et ronde, brillait en éclairant un ciel sans nuages qui suggérait la flânerie au hasard le long des rues. De temps en temps, ils croisaient quelques promeneurs qui leur souriaient avec l'allure joyeuse des fêtards. Ils avaient l'impression que dans une ville aussi magnifique, les soucis n'avaient pas droit de cité.

D'ailleurs, Nadia avait du mal à imaginer que les Vénitiens fussent des gens normaux, leur ville étant ce qu'elle est. Le fait que l'on compte soixante mille habitants à Venise contre cent mille touristes par jour, laissait à penser que le quotidien des habitants de cette ville devait être difficile.

Lorsqu'ils arrivèrent à l'hôtel, il était près de minuit. Au moment où Nadia posa le paquet contenant la *bauta* sur une commode près du lit, elle crut l'entendre exhaler un étrange soupir, un soupir si long, si lugubre qu'il la fit sursauter de peur. Elle n'osa plus toucher le paquet et rejoignit sur le champ Adam dans la salle de bain pour lui relater en chuchotant ce qui venait d'arriver. Ce dernier n'hésita pas à sortir le masque de son emballage en essayant de convaincre sa femme que rien ne s'était passé et que seule son imagination lui avait joué un tour.

- Au secours ! Oh ! Prenez tout ce que j'ai, mais ne touchez pas à ma petite femme ! Oh ! Ah ! fit ensuite Adam en s'amusant.

- Arrête de faire le malin ! Tu rirais moins si c'était toi qui l'avais entendu, répliqua Nadia l'air agacé.

A l'aube, Nadia qui avait très mal dormi cette nuit-là, ne pouvait plus fermer l'œil. Il lui prit une envie irrésistible de contempler le masque. Il était juste à côté, à peine éclairé par les lueurs de l'aube naissante. Lorsqu'elle posa son regard sur l'objet, elle eut l'impression qu'il la regardait aussi. Elle s'en éloigna et, abasourdie, le fixa avec de grands yeux. Tout cela lui semblait très étrange, il y avait là-dessous quelque chose de bizarre, quelque sorcellerie. N'osant plus risquer un geste, elle se recoucha en se blottissant tout contre son mari et ne bougea plus jusqu'au matin.

Maintenant que les jeunes gens détenaient la preuve que suivre les petites ruelles pouvait les mener à découvrir les trésors cachés de Venise, ils ne comptaient plus s'en passer. En marchant sans but précis, ils arrivèrent à un site archéologique très bien gardé : les vestiges de l'ancienne maison de Marco Polo. L'archéologie étant relativement récente à Venise, n'étant autorisée que depuis dix-sept ans, les autorités craignent les pilleurs et les fouilles clandestines. La carte des sites archéologique est confidentielle, connue seulement des archéologues et des gendarmes.

En dehors du chantier le plus important, situé Place Saint-Marc, on ne savait pas où se trouvaient les autres sites de cette ville qui découvre à peine son patrimoine archéologique.
Ils eurent par la suite la surprise de découvrir un pont très curieux qui s'appelle le Pont des seins. Nadia en avait déjà entendu parler, car on raconte une anecdote à son sujet. Ce quartier était habité par les courtisanes de Venise et celles-ci avaient reçu l'ordre de se mettre à leurs fenêtres avec leurs poitrines dévêtues dehors. C'était, paraît-il, une tentative de la part des pouvoirs, d'attirer les jeunes hommes vénitiens qui étaient devenus en grand nombre homosexuels.
Nadia et Adam continuèrent leur balade et arrivèrent au Campo San Polo, un véritable havre de paix avec de grands arbres comme à la campagne. C'était un endroit retranché aussi bien des voies touristiques que du temps.
Midi. Ils commencèrent à avoir faim mais continuèrent à marcher en se disant qu'ils finiraient bien par trouver un restaurent typique où ils pourraient manger une spécialité vénitienne.
- Sais-tu ce que George Sand a dit à propos de la gourmandise des Vénitiens ? demanda Nadia à son époux.
- Non, mais j'aimerais bien le savoir.
- Elle a dit : « Les Vénitiens ont dans le caractère un immense fond de joie ; leur péché capital est la gourmandise, mais une gourmandise babillarde et vive. »

Un peu plus tard, le souhait des jeunes mariés fut exaucé. Ils trouvèrent un bon restaurant où ils dégustèrent des sardines *in saor* (des filets de sardines préparés avec des raisins, des oignons et du vinaigre), accompagnés d'un carpaccio de tomates et de quelques madeleines salées à l'huile d'olive avec du pecorino et du parmesan râpés. Un vrai délice.

Fatiguée par leurs longues heures de marche, Nadia proposa à son mari de rentrer à l'hôtel pour se reposer et se préparer à la soirée exceptionnelle qu'ils avaient prévue pour leur premier samedi soir à Venise. Une soirée tout à fait digne de leur lune de miel : aller voir *Cosi fan tutte*, dans le plus mythique des opéras de Venise : le Phénix (*la Fenice*). Un haut lieu de la culture italienne et européenne, datant du XVIIIème siècle, qui présente des opéras, des pièces théâtrales, des ballets et des concerts de musique classique. Ce fut là que de nombreuses vedettes de l'art lyrique, comme la Callas ou Pavarotti, furent découvertes.

Arrivés à l'hôtel, les jeunes gens furent ravis de regagner leur chambre pour s'y détendre. Dès l'entrée, Nadia qui n'avait oublié ni le soupir du masque, ni son mystérieux regard, évita de s'en approcher. Faute d'oser le déplacer, c'est elle qui se déplaça dans le lit afin d'éviter de le voir et le sentiment d'être observée par lui. Dès qu'elle s'étendit tranquillement à côté de son époux, elle se sentit rassurée et ne songea plus trop au masque. Après une petite sieste, Adam commanda un repas qu'on leur servit dans la chambre. Puis en fin de compte, il n'y avait plus dans l'esprit de Nadia que la robe et les chaussures qu'elle allait porter pour la soirée à l'opéra.

La Fenice était à la hauteur de sa réputation mondiale, un théâtre magnifique. Détruit par un incendie en 1996, il fut reconstruit à l'identique et rouvert en 2004. En y entrant, Nadia ressentit qu'elle se plongeait dans un rêve. Avant même le début de la représentation, une sorte de magie émanait de cet endroit, la rendant enthousiaste et impatiente de voir et d'écouter avec une grande attention et un réel bonheur.

- Je trouve que son nom lui va bien, car le phénix est un oiseau de la mythologie qui, après avoir vécu plusieurs siècles, se consume avant de renaître de ses cendres. On dirait qu'il n'a jamais brûlé, dit Adam.

- Oui c'est fabuleux, mais à l'origine, on le nomma ainsi parce qu'il avait remplacé le San Benedetto, un théâtre qui fut détruit par un incendie en 1790. Cet endroit n'en est pas à la première renaissance de ses cendres, répliqua Nadia juste avant que l'opéra ne commençât.

Les heures qui suivirent furent un pur bonheur ; en plus de la merveilleuse musique de Mozart, le thème de l'opéra était plaisant et l'interprétation des acteurs, irréprochable. Pour Nadia qui aimait les histoires qui finissent bien, la scène finale qui fut celle des noces, était parfaite. *Tout est bien qui finit bien !*

De retour dans leur chambre d'hôtel, ils étaient tellement heureux qu'on eût dit qu'ils étaient ivres.

Ils continuèrent à parler d'Alfonso, de Dorabella et des autres personnages de la pièce pendant un long moment.
- Dans le théâtre, l'idée de se déguiser pour tromper quelqu'un ou pour le séduire est vieille comme le monde, mais elle continue à plaire, fit Nadia, avant de se coucher.

III

Du déguisement à la *bauta*, l'esprit de Nadia ne fit qu'un bond. Elle demanda à son mari d'enfermer le fameux masque dans l'armoire pour qu'elle pût dormir sans crainte. A l'heure où les premières lueurs de l'aube commençaient à rentrer dans la chambre, elle eut très soif. Lorsqu'elle se leva pour boire, elle entendit des sanglots. Elle tendit l'oreille pour mieux écouter et comprit que ce bruit bizarre venait de l'armoire. Son cœur se mit à battre follement dans sa poitrine et le sang se figea dans ses veines comme si elle venait de voir le diable en personne.

En sueur, elle réveilla son mari. Les sanglots continuaient et Adam pouvait également les entendre. Il ouvrit machinalement la porte de l'armoire et d'un seul geste se saisit de l'objet. Mais il ne se passa plus rien, le bruit avait cessé sur le champ. Le couple resta à l'affût du moindre son pendant un long moment, mais ce fut en vain.

- C'était sûrement quelqu'un qui pleurait dans la chambre voisine. Je pense que les murs de l'hôtel ne sont pas bien insonorisés, fit Adam.
- Moi, je pense que c'était la *bauta*. Que dis-je, j'en suis sûre !
- Encore un exemple de l'intuition féminine, je suppose ?
- Oui Monsieur, parfaitement !

A cet instant, Adam prit de nouveau le masque dans ses mains. Il le fixa des yeux le plus précisément possible, le tourna et le retourna dans tous les sens, mais ne remarqua rien d'anormal.

- Regarde ma chérie, tu vois bien que c'est un simple masque, une chose inerte. Si tu veux, je t'en débarrasse tout de suite, maudite soit l'heure où je te l'ai acheté ! dit Adam, prêt à jeter l'objet par terre et à le fracasser en mille morceaux.

- Non ! Oh non ! J'y tiens, je ne sais pas pourquoi, mais j'y tiens.

- Alors s'il te plaît arrête de t'imaginer qu'il est vivant, c'est insensé voyons ! On dirait qu'il te fait peur, que tu n'oses même plus y toucher.

- Bon, pose-le sur la commode ! Éloigne-toi et laisse-moi le saisir tout doucement !

- D'accord.

Bien que son époux eût fait son possible pour la rassurer, Nadia n'en demeura pas moins inquiète. C'était une jeune femme d'une très rare sensibilité et d'une très grande imagination. Elle posa d'abord un doigt sur l'objet, puis osa à peine le prendre dans sa main. Elle sentit alors qu'il y avait au contact de sa peau quelque chose d'humide, quelque chose qu'elle considéra tout de suite comme étant une larme. Dans un grand frisson, elle reposa le masque très rapidement et s'en écarta en disant épouvantée :

- Tu vois, il a la joue tout mouillée, c'est la preuve que je ne divague pas. Cette humidité n'est tout de même pas le fruit de mon imagination ! Touche-le ! ... pose ta main dessus !
- D'accord.
Adam se ressaisit de la *bauta*, et à nouveau rien ne survint.
- Peut-être que c'est toi qui transpires énormément, auquel cas ce ne serait que la sueur de tes propres mains que tu lui attribues.
A cette dernière parole, en dépit de son doute, Adam ne put réprimer un léger sourire. Il fallait convenir que ce n'était pas là une éventualité à exclure.
- Ça y est ! Arrête maintenant ! ... arrête !
Sous le coup de la contrariété, la morosité de Nadia finit par s'exacerber. Elle était sûre d'avoir raison et son époux refusait de la croire. En laissant échapper un gémissement d'exaspération, Adam retourna se coucher. Au fond de lui, il songea combien tout eût été simple s'il ne lui avait pas acheté cette maudite *bauta*. Ce qui l'ennuyait le plus, c'était la crainte de la paranoïa que tout ceci pourrait produire chez sa femme. Celle-ci ayant déjà une très grande imagination, le risque était considérable.

Nadia était alors en possession d'un objet très étrange qu'elle soupçonnait de quelque diablerie mais dont elle n'arrivait pas à se débarrasser.

Dans un accès de curiosité soudaine et inexpliquée, elle se pencha sur le masque et le regarda fixement dans le trou des yeux. Comme hypnotisée par le regard fantomal qui s'en dégageait, elle le porta à son visage pour l'essayer. Elle fut traversée par un frisson de fièvre, puis ce fut le trou noir. Elle tomba évanouie.

IV

Lorsqu'elle se réveilla, elle était dans *le portego* - la salle carrée située au centre - d'une belle demeure de style Renaissance. Des soieries, des mosaïques et des peintures ornaient les lieux de manière très raffinée. Des joyaux où la couleur et l'or s'entremêlaient pour faire de cette salle un véritable chef d'œuvre.

Dès que sa conscience lui revint, elle se rendit compte qu'elle avait encore le mystérieux masque sur le visage. Elle le retira et remarqua qu'elle portait une belle robe d'époque faite d'étoffes soyeuses qu'elle n'avait jamais vue auparavant. Curieusement, elle n'avait pas peur : l'endroit lui était à la fois inconnu et familier. C'était comme si son esprit était prêt à admettre ce fait inopiné, si incroyable qu'il pût paraître, et à s'en émerveiller.

Peu après, un domestique pénétra dans la salle avec un plateau dans les bras. Il servit le café et lui tendit une tasse qu'elle prit naturellement sans réfléchir. Selon toute apparence, elle était la maîtresse des lieux. Avant de se retirer, l'homme alluma un grand chandelier à plusieurs branches placé sur un guéridon, c'était l'heure du crépuscule ; le soleil rougeâtre et mourant éclairait à peine la maison.

Une fois le valet reparti, Nadia le suivit. Faute de comprendre ce qui lui arrivait, elle voulait voir ce qui se passait autour d'elle. Elle comptait visiter tout le palais.

Elle pourrait tout au moins découvrir chez qui elle se trouvait. Son comportement calme en apparence, ne l'empêchait pas cependant de se tenir sur la réserve. Elle prétendit chercher un bijou qu'elle aurait égaré. Sitôt dit, une vieille dame accourut :
- Ah Madame, qu'avez-vous perdu cette fois-ci ?
- Une boucle d'oreille, mais pourquoi dites-vous cette fois-ci ?
- Parce que depuis votre accouchement la semaine dernière, vous êtes restée un peu étourdie. Il vous arrive d'oublier certaines choses et parfois d'en égarer d'autres. Moi je dis que vous devriez aller plus souvent à l'église, au moins deux fois par jour.
- Tiens, et pourquoi donc ?
- Eh bien Madame, parce que le mal dont vous souffrez ne peut être guéri que par la Madone.
- D'accord, je n'y manquerai pas, rappelez-moi votre nom !
- Oh ! Madame, vous ne vous rappelez plus de mon nom. Je suis votre humble servante Rosa.
La vieille, levant les yeux au ciel, fit le signe de la croix en récitant une prière à voix basse, et sans que Nadia lui eût rien demandé, elle jura sur tous les saints qu'elle ne dirait rien à personne sur la perte de mémoire de sa maîtresse, rien de rien. Nadia pensa que rien de mieux ne pouvait lui arriver, car elle pouvait maintenant poser à Rosa toutes les questions qu'elle voulait sans problème. Elle apprit ainsi un tas d'informations.

Elle était en 1510, dans le corps de Donna Maria Christina, l'épouse d'un grand marchand de soie avec qui elle avait deux filles. Ils venaient tout juste d'emménager dans cette grande demeure pour qu'elle y accouchât dans le grand confort. Son époux, Don Alberto Comodori, était un Vénitien alors qu'elle, elle venait de Florence. Son père, Don Piero del Beluria, était un Florentin richissime et un fervent amateur d'art, surtout de peinture. On racontait même qu'il avait fait peindre son portrait par le célèbre Leonardo da Vinci.

Comme tous les habitants de Venise, elle aimait le carnaval, occasion unique où les gens pouvaient se laisser aller à toutes les fantaisies en transformant la ville en une scène de théâtre géante où chacun jouait un rôle. L'usage des masques vénitiens était si important que les fabricants avaient un statut d'artisan et chacun d'entre eux gardait jalousement son petit secret de fabrication.

Son masque fut fabriqué par un artisan de grand talent, nommé Gilberto Piscopia. Il avait amélioré la technique de fabrication en moulant les objets sur les visages de ses clients qu'il nommait ses modèles. Ses œuvres arrivaient à un point de raffinement jusque là jamais atteint.

Nadia avait la nette impression d'avoir entendu parler du fabricant du masque, son nom lui semblait familier. Elle réfléchit quelques instants, puis comprit qu'il lui rappelait celui d'Elena Piscopia, la première femme au monde à devenir diplômée d'études supérieures en 1678 ; une Vénitienne d'après les historiens.

A ce moment, Nadia sentit une petite main lui passer sur l'épaule, la douce main d'une fillette d'une rare beauté. Elle avait des cheveux cendrés et un beau visage enthousiaste avec des yeux d'un gris-vert très charmant. Pour s'assurer que la fillette la prenait bien pour sa maman, Nadia la tint doucement dans ses bras et lui effleura de ses doigts légers la joue. Ensuite, elle l'embrassa subtilement tout en se préparant à une éventuelle réaction de rejet. Au contraire, la petite se blottit contre la poitrine de Nadia et s'abandonna complètement comme l'on ne ferait à son âge qu'avec une seule personne au monde, sa maman.

Une immense tendresse dans les gestes de la petite fille, faits de regards affectueux, de sourires aimables, et de mouvements délicats de la tête, fit nager Nadia dans un rêve merveilleux. La fillette était douce et aimante et elle sentait très bon. Le monde réel n'existait plus pour Nadia, elle nageait dans le vague et l'infini.

- Angela, c'est l'heure d'aller au lit, dis bonsoir à ta maman et viens ! dit Rosa qui avait laissé seules mère et fille pendant un moment.

La fillette embrassa Nadia avec beaucoup de tendresse, puis s'éloigna en lui jetant un dernier regard quasi mélancolique. Elle devait trouver fort ennuyeux d'aller au lit.

- Voulez-vous que je vous ramène Nora, vous sentez-vous assez bien pour lui donner le sein ou préférez-vous la confier à la nourrice jusqu'à demain ?

- Oui ! Euh !... Non !... je ne me sens pas bien, répondit Nadia maladroitement.
Elle, qui ne s'était pas encore remise de l'émotion de sa rencontre avec Angela, se voyait mal avec un nouveau-né sur les bras et à qui elle devait en plus donner le sein. Mais elle ajouta :
- J'irai la voir tout à l'heure, avant d'aller me coucher.
- D'accord, Madame ! Votre dîner est servi, veuillez passer à la salle à manger.
- Je mange seule ?
- Naturellement Madame, puisque Monsieur est en voyage.
Cette parole réconforta énormément Nadia qui appréhendait en fait le moment où elle allait rencontrer l'inconnu dont elle était la femme. Trop curieuse, elle ne mangea presque pas et préféra découvrir le reste de la somptueuse résidence.
C'était un vrai palais de la Renaissance, bâti selon les lois de l'arithmétique et de la géométrie. Ses multiples pièces rectangulaires ou carrées se déployaient autour d'un escalier central qui s'inscrivait lui aussi dans un carré parfait. L'ensemble de la construction était régi par la symétrie, la modularité et l'harmonie des proportions.
Pendant la visite des lieux, le regard de Nadia croisa une grande glace et là, ce fut le choc ! Par inadvertance, elle avait oublié que son visage n'était plus le sien mais celui de Maria Christina.

Alors qu'elle s'attendait à voir son reflet dans le miroir, ce dernier lui renvoya l'image d'une parfaite inconnue. Mais qu'est-ce qu'elle était belle !
Elle avait des yeux marron magnifiques, bordés de longs cils de velours. Son regard était serein mais énigmatique sous l'arc merveilleux des sourcils et son sourire paraissait suspendu comme s'il était prêt à s'éteindre. Son nez était doté de ravissantes narines roses et délicates et au creux de sa gorge, se devinait un battement de veines. Ses longs cheveux noirs étaient rejetés librement en arrière.
Nadia demeura stupéfaite devant le miroir pendant un long moment. Revenue de sa surprise de départ, elle n'avait plus aucune autre idée que celle de comprendre la ressemblance de Maria Christina avec une personne qu'elle connaissait.
Pendant que Nadia continuait à se regarder dans le miroir, Rosa revint la voir :
- Voulez-vous profiter de la brise de la nuit pour aller jusqu'à l'église, Madame ? Maintenant que l'atmosphère embrasée du jour et que les brûlantes effluves du ciel se sont dissipées, vous y prendrez du plaisir.
- Sortir la nuit, serait-ce raisonnable ?
- Mais, certainement Madame ! Ici, la nuit tout se réveille, tout renaît, tout s'anime ; hommes et choses. Les fêtes, les concerts, les chansons vont emplir de mouvements et de bruits sonores Venise qui fut calme toute la journée, somnolente sous les feux de son ciel.

Les gondoles pimpantes vont s'illuminer et projeter leurs flammes sur les canaux tranquilles dont les bras argentés étreignent Venise.
- Est-ce que vous viendriez avec moi, Rosa ?
- Oui Madame, cela va sans dire !
Nadia accepta la suggestion de la dame de compagnie ; l'idée de découvrir quelques habitudes de ces temps évanouis ne lui déplaisait pas.
- Parfait, nous irons donc à l'église, dit-elle.
Dehors, des milliers de flèches, de dômes, de minarets s'élançaient dans l'espace de tous les côtés de Venise. Tant de merveilles se profilaient en longues silhouettes noires sur la toile de l'horizon étoilé dont l'aspect ne manqua pas de plonger Nadia au milieu des rêves les plus fantastiques et les plus désordonnés. Sur le chemin, hommes et femmes étaient beaux et élégants, et tout en eux respirait cette sérénité hautaine que donne l'insouciance du présent et le dédain de l'avenir.
Nadia remarqua une barque qui attendait. Sur la proue, le musicien empressé, sa mandoline en main, préludait par quelques strophes, tandis que des Vénitiens et des Vénitiennes s'apprêtaient pour aller jouir de la promenade favorite ; une touche élégante et discrètement lumineuse des splendides scènes de la vie nocturne de la brillante fille des mers.
Les deux femmes arrivèrent enfin à destination ; l'église San Giovanni, un édifice Renaissance complètement caché au milieu des maisons. Une église atypique, sans

façade extérieure, qui était étroitement liée aux puissantes congrégations de métiers de l'époque, certains l'appelaient l'église des marchands du Rialto.

La messe commença aussitôt et Nadia, qui n'avait jamais mis les pieds dans une église à l'heure de l'office auparavant, dut se débrouiller pour ne pas attirer l'attention des autres. Un certain temps s'écoula ainsi devant un vieux curé qui s'évertuait à paraître plus éveillé que son assistance. Pour Nadia, il fallait vivre cet instant au rebours d'une époque disparue, sans y chercher la pointe de fantaisie qui relèverait la saveur de cette expérience.

Pendant que les autres priaient, Nadia pensait à tout le courage et à l'effervescence qu'il avait fallu aux esprits éclairés de l'époque pour placer l'homme au centre de son destin, pour lui redonner la place que lui avait volée la religion figée dans ses certitudes et ses dogmes durant les siècles des ténèbres du Moyen âge. Sans la version originale des textes anciens retournée en Italie après la chute de Constantinople, constituée de précieux manuscrits grecs et latins et leur traduction par d'éminents savants, jamais l'homme n'aurait pu se débarrasser des interprétations orientées et des prises de position de l'Eglise.

Elle songea notamment à l'Italien Pic de la Mirandole qui posa dès le XVème siècle la première pierre du mouvement de la Renaissance qui fut par la suite appelé Humanisme.

Cet homme fut accusé d'hérésie et persécuté à cause de son intuition - qu'on trouve déjà chez les savants arabes du VIIIème siècle en Espagne - et qui affirme que ce qui caractérise l'homme, c'est sa propre liberté, son existence.

Cette nuit-là, tout était différent, étrange, et Nadia qui avait le goût de l'inhabituel et l'attrait du dépaysement, était prête à déambuler sur le chemin en entraînant la vieille dame de compagnie avec elle.

Les deux femmes passèrent devant un palais où l'on célébrait sans doute un mariage. La fête battait son plein, on chantait, on dansait et on s'amusait bon train. Devant la porte grande ouverte du palais, des jeunes gens bavardaient avec animation, ils parlaient très vite en s'interrompant les uns les autres. D'autres invités, ne voulant pas rester à l'intérieur à cause de la chaleur, demeuraient dans la cour et regardaient par les fenêtres. Une atmosphère imprégnée de relents de gibier rôti et d'autres effluves semblables, enveloppait l'espace jusque dans la rue.

Soudain, un homme surgissant de nulle part, se pencha sur Nadia, qui s'était arrêtée à l'écart près d'une fenêtre, et lui dit à l'oreille :

- Votre beau visage devrait être immortalisé par un peintre. Hélas, je ne sais tenir un pinceau !

L'inconnu était de grande taille, le visage fin et les cheveux en auréole, roux et grisonnants.

Il avait l'âge où l'homme commence, comme Othello, à « *descendre dans la vallée du grand âge* ».
Sa démarche élégante, sa toilette somptueuse et quelques autres détails suggéraient qu'il s'agissait d'un seigneur ou d'une célébrité. Une foule bigarrée le suivait de près, et tout ce petit monde entra à l'intérieur du palais.
- S'il vous plait Madame, allons nous-en ! dit Rosa, chez qui une envie irrépressible de dormir avait déjà succédé à l'enthousiasme de départ.
- D'accord ! fit Nadia par égard pour la vieille dame fatiguée alors que le son de sa voix et l'éclat de son visage laissaient entendre qu'elle s'amusait.
Les deux femmes marchèrent d'un pas rapide vers la maison. Sur le chemin, Nadia n'arrivait pas à se défaire d'un sentiment étrange, agréable, absolument enjoué. Elle avait l'impression d'être dans un rêve et d'y être curieusement en sécurité. Elle avait déjà eu ce sentiment de planer tout éveillée, mais jamais avec tant d'intensité et dans une telle proportion.
Arrivée à la grande demeure de Maria Christina, Rosa se haussant sur la marche du seuil, essaya d'atteindre une clef cachée dans la vigne qui surmontait le portail puis, s'écria :
- Où donc est passée cette maudite clef ?
Cette parole dissipa la torpeur rêveuse où les sens de Nadia s'étaient plongés et la rappela tout d'un coup à la vie réelle ou plus exactement à une certaine réalité.

N'ayant pas qualité pour proposer une quelconque solution, elle dit simplement :
- Cherchez encore !

La nuit, montée au firmament, laissait apparaître des étoiles qui éclairaient la porte par une lueur bleue imprécise qui ne suffisait pas à la vue de la vieille dame. Celle-ci renonça et étendant la main vers une grosse chaîne métallique, sonna la cloche. Au bout de quelques minutes, un homme parut. Il tenait une bougie allumée dans chaque main. Des taches de lumière dansaient sur son visage : c'était le serviteur que Nadia avait déjà vu. L'homme tendit l'une des bougies à Rosa, puis se retira discrètement.

Malgré sa conscience d'être parfaitement étrangère dans cette grande demeure supposée être la sienne, Nadia s'ingéniait à rester naturelle. Peu après, elle entra dans la chambre à coucher de Maria Christina. Elle eut le sentiment de pénétrer dans une atmosphère douce et magique où flottait une forme indéfinissable, et où il était de plus en plus difficile de distinguer l'imaginaire du réel.

Dans cette chambre tout embaumée de sa propriétaire, on pouvait distinguer des signes presque imperceptibles de sa personnalité ; des fleurs orientales fraîchement cueillies qui s'épanouissaient dans un vieux vase, une bague sertie d'une émeraude magnifique qui brillait dans un écrin de velours, et un collier de perles, encore tiède par la chaleur de la chair de celle qui l'avait porté.

Nadia se sentit bizarre dans cette chambre vivante où le parfum d'une autre femme flottait partout, dans les draps et sur les oreillers, dans les habits et dans tous les objets. Cela lui semblait indécent, mais tellement merveilleux, car cette femme émanait du fond d'une époque révolue. Une femme mystérieuse qui venait d'ouvrir à Nadia une des portes fantastiques entre les mondes parallèles du présent et du passé.

En ouvrant un tiroir qui était fermé à clé, Nadia tomba sur une lettre pour le moins curieuse. Cette lettre non datée ni signée, était rédigée à l'envers ; de la droite vers la gauche. Nadia se saisit d'un miroir pour lire la mystérieuse lettre. Elle disait :

« Je ne sais ce que sera la destinée de ce projet que j'ai entrepris depuis une année maintenant, mais je m'y livre avec affection et bonheur. Dans ma vie, il y a eu d'étonnantes révolutions, et mon âme que travaille la grande curiosité, est en activité continuelle. Mais à présent, il s'agit de vous contempler attentivement Maria-Christina, fille de mon ami Don Piero qui m'a fait l'honneur de me confier la réalisation de votre portrait après le sien. Rien d'essentiel ne doit m'échapper et tout ce qui paraît ou ne paraît pas de votre personne est un point dont votre regard surprenant et votre grâce naturelle m'instruisent. *Le bon peintre a essentiellement deux choses à représenter : le personnage et l'état de son esprit.*

J'ignore si vous continuerez longtemps à poser pour moi en exerçant votre généreuse et délicate influence sur mon inspiration ou si vous finirez par vous en aller avant l'achèvement de ce projet. Je sais que vous devez vous rendre à Venise où vous attend la destinée d'une jeune épousée, mais sachez que je mettrai tout mon art et mon savoir dans l'accomplissement de cette tâche, car je suis certain que *plonger les choses dans la lumière, c'est les plonger dans l'infini.* »

V

Adam se réveilla, il était dix heures à l'horloge de l'hôtel. Lorsqu'il vit son épouse étendue par terre, il pensa au pire, puis s'empressa de lui ôter le masque qu'elle avait sur le visage. Et là, devant ses yeux emplis d'angoisse, il remarqua que la bouche de Nadia était entrouverte en un sourire très séduisant. Enfin elle le regarda, l'air encore endormi.

- Adam ! Ah ! Je suis revenue, dit-elle en prenant la main de son mari dans un élan instinctif. Mon Dieu, quelle aventure ! Je te raconterai plus tard…

Sans rien comprendre de ce qu'elle lui disait, Adam la soutint pour qu'elle pût se relever et ne la relâcha que lorsqu'il fût assuré qu'elle allait mieux. Après le petit déjeuner, Nadia qui s'était enfin remise de ses émotions, raconta à Adam tout ce qui lui était arrivé.

Ils revinrent près de la commode et se mirent à considérer le masque avec beaucoup d'attention.

A leur grande surprise, ce dernier avait une expression différente, plus flegmatique, plus sereine.

Nadia essayait de se rappeler, du fond des lointains de sa mémoire, à qui ce masque la faisait penser. Elle n'en détourna plus les yeux pendant un long moment, elle avait ce regard lumineux, censé ouvrir l'esprit d'une femme ingénieuse comme elle. Puis, saisie d'avoir touché à la clé de ce mystère, elle s'écria :

- C'est la Joconde ! ... oui, ça ne peut être qu'elle, la Joconde !
- Tu as sans doute raison, mais n'oublie pas que c'est aujourd'hui que nous rentrons à Paris, répliqua Adam, incrédule.

La métamorphose numérique

I

De retour à Paris, les jeunes mariés reprirent leurs habitudes. Cela faisait deux ans qu'ils habitaient ensemble un duplex rue Claude-Bernard, deux ans également que Nadia avait obtenu son doctorat ès-Sciences en physique, mais n'arrivait pas à décrocher un travail qui lui plaisait. Aussi passait-elle le plus clair de son temps sur une terrasse derrière l'appartement, qu'elle avait transformée en laboratoire. Elle y effectuait de multiples expériences et des observations de phénomènes physiques susceptibles de se prêter à sa volonté de mesurer, de quantifier, de mathématiser.
Ces expériences lui valaient la réputation d'originale. Plus on la connaissait, plus on la trouvait ingénieuse, et Adam qui était obligé de tester tous les objets farfelus qu'elle inventait, lui accordait plus de crédit depuis qu'elle travaillait sur un projet plus sérieux : la création de la télé holographique basée sur la fabrication d'un écran à cristaux liquides (LCD), à trois dimensions.
Depuis son jeune âge, Nadia était fascinée par tout ce qui touche aux hologrammes. Elle rêvait de pouvoir les animer, les doter de mouvement, de vie. Jusqu'ici, on pouvait créer des hologrammes en envoyant un faisceau cohérent sur l'objet à partir d'une source laser et en recueillant les franges d'interférence sur une pellicule photo.

Après développement de la pellicule et son éclairage par la même source, on obtenait une image en trois dimensions, mais immobile. L'idée de Nadia était simple à formuler : en créant les franges d'interférence au sein d'un écran, on pourrait les modifier et obtenir des hologrammes changeants, la troisième dimension à la télé ! On obtiendrait la couleur par la succession rapide de trois hologrammes : rouge, vert et bleu, l'œil se chargeant de reconstituer les couleurs.
Si cette invention aboutissait, une nouvelle génération d'écrans à cristaux liquides allait voir le jour.
Mais depuis sa petite escapade extraordinaire à Venise, elle avait changé, elle s'était découvert une âme d'aventurière. Ne pouvant plus rien obtenir du masque de Venise, devenu tout à fait ordinaire, elle commença à chercher un moyen de voyager entre les frontières du réel et du virtuel, par le biais de son matériel informatique ultramoderne. Elle savait que de tels voyages étaient devenus possibles et elle voulait y accéder. Puis un jour, en surfant sur le web, elle tomba sur un site permettant de rejoindre une communauté de personnes intéressées par les méthodes de la haute simulation, notamment les voyages virtuels vers des destinations également virtuelles ; la communauté des Avatars. Pour en devenir membre, il fallait démontrer son aisance à utiliser les dernières nouveautés sur le net et s'apprêter à répondre à un questionnaire sur les différentes technologies de pointe.

Nadia passa un mois, environ, à scruter le réseau appelé « Second World », avec ses cadres et ses rubriques et à essayer d'acquérir une connaissance quasi parfaite de cet univers moderne. Pour atteindre son but, elle dut saisir les programmes téléchargeables nécessaires et s'acheter un équipement spécial constitué d'une paire de lunettes, d'un casque, d'un micro et d'une combinaison d'immersion. Elle délaissa complètement son laboratoire au profit de son micro-ordinateur, jusqu'au jour où elle se sentit prête pour la grande aventure. Ce jour là, elle répondit au questionnaire des Avatars et attendit le résultat prévu pour le lendemain. Elle fut reçue à l'examen, et admise sur le champ.

Premier fait étrange ; chaque membre se voyait attribuer un ange du web, son ange à elle s'appelait Tania : une femme virtuelle dont la mission allait être de veiller sur elle et de la guider dans les dédales de la grande toile. Le principe du jeu lui semblait assez simple ; chaque soir, si elle le désirait, elle pouvait effectuer un voyage passionnant. Une fois sa tenue d'immersion enfilée, il ne lui restait qu'à songer à une destination avec une concentration intense et son souhait se réalisait presque immédiatement.

Dès le coucher du soleil, tous les Avatars se connectaient, mais chacun suivait son propre chemin. Certains visitaient les pays de leur choix, d'autres gravissaient les montagnes ou traversaient les déserts, mais tous devaient cesser leur activité nomade avec les premiers rayons de soleil. Si l'un d'entre eux avait le malheur de s'attarder, il se retrouvait prisonnier du « Second World », puis mourait au bout de quelques jours. Les règles du jeu étaient strictes sur ce point, et Nadia comprit très vite qu'il fallait s'y plier pour survivre dans cette dimension nouvelle.

Toute la journée, elle cherchait les mots qu'elle allait dire à Adam pour le mettre au courant de son adhésion à la communauté des Avatars et lui expliquer son envie de découvrir leur monde itinérant. Elle allait lui parler pour la première fois de ce qu'elle avait entrepris pendant ces derniers jours. Comment allait-elle lui exposer ses motivations, sachant qu'il était un médecin concret et rationnel ? Elle s'attendait à quelques difficultés de sa part, et du reste, aurait-il eu vraiment tort ? C'était un homme de bon sens qui n'aimait pas l'agitation de l'esprit.

En fin d'après-midi, Nadia avait rassemblé une masse d'arguments pour convaincre Adam d'approuver son projet de voyage virtuel. Ses idées pour le moins étranges, elle savait bien les défendre. Elle était plus prompte que son mari à ergoter au sujet de l'inertie de l'ordre commun des mortels. Bien que ce dernier eût émis quelques réticences au début, la voyant enchantée de tenter l'expérience insolite, il finit par accepter par amour et non par conviction. Au fond, elle était ravie de voir à quel point il pouvait être accommodant parfois.

Elle avait décidé de visiter une ville qu'elle essayait d'imaginer, dont elle avait rêvé toute la journée : Paris 2, le double de sa ville, créée et bâtie par les Avatars dans le monde virtuel. Pour éviter de tomber sur un pack dans un embouteillage en ligne, elle prévint son ange du web une heure à l'avance. Soit dit en passant, lorsqu'elle appelait Tania, celle-ci fendait l'air comme une lumière forte et fragile à la fois. S'ensuivirent un bruit à peine perceptible et un parfum léger que seule Nadia reconnaissait.

Juste avant le départ, les yeux rivés à son écran, elle enfila sa tenue d'immersion. La main dans la main de son ange, elle s'apprêtait à s'envoler. Elle se souviendra toujours de cet instant extraordinaire, de ce moment de féerie. Soudain, au milieu d'une multitude d'images et de chiffres défilant dans sa tête à grande allure, une ombre errante jaillit en faisant apparaître, devant ses yeux étonnés, une inscription bizarre : « *You will lose your mind !* » (Tu vas perdre ton esprit !), puis une autre : « *Stop this game !* » (Arrête ce jeu !).

Nadia sursauta de stupeur : elle venait de se heurter à un problème imprévisible et duquel elle ne pensait pas se sortir sans tout interrompre. Elle voulut se déconnecter sur le champ, mais Tania lui dit qu'il ne fallait pas paniquer. Elle lui conseilla de mieux fixer ses yeux sur la lumière surnaturelle de ses lunettes et de continuer à songer très fort à la destination qu'elle avait choisie. Hélas, rien de tout ceci ne parvint à régler le problème survenu.

Au bout de quelques minutes d'égarement, l'ange finit par comprendre la source de l'incident. Des pirates s'étaient introduits dans le système et y faisaient circuler des messages alarmants pour faire peur aux Avatars. Ce genre d'incidents indésirables était assez fréquent sur le réseau et l'ange savait comment y faire face. Elle s'en occupa de manière rapide et entièrement efficace.

Une fois le problème réglé, rien ne pouvait plus écarter Nadia de la grande aventure surnaturelle. Elle pouvait entreprendre à nouveau le vol vers Paris 2. Cette fois-ci, aucun obstacle, aucun contretemps ne survint lors du voyage furtif, et elle en fut très heureuse. Elle était finalement arrivée à bon port. Elle pouvait, après tout le mal qu'elle s'était donné, réaliser son rêve inouï de voyager à travers le temps et l'espace. Paris 2 s'offrait enfin à elle.

La ville s'était embellie, elle respirait mieux, souffrait moins des nuisances sonores et disposait de nouveaux aménagements. L'espace public s'était transformé. Les voies de circulation pour automobiles s'étaient considérablement réduites, les itinéraires spécifiques et les zones de stationnement pour cyclistes s'étaient multipliés, un grand nombre de trottoirs étaient élargis, plantés d'arbres et aménagés en espaces de promenade pour piétons.

Pour lutter contre la violence avérée de certaines races de chiens, une modification génétique avait permis de les transformer en animaux tendres et obéissants.

Il était loin le temps où ils causaient de multiples accidents dont les victimes étaient essentiellement des enfants. D'ailleurs, certains hommes de pouvoir voulaient étendre cette transformation radicale aux humains, mais les médecins et les philosophes s'y opposaient encore.

En outre, contre le phénomène fort désagréable de marcher dans des crottes sur les trottoirs, la mairie avait installé des toilettes pour chiens dans tous les quartiers. Il était en plus interdit de sortir son animal nu, le port d'une couche-culotte était obligatoire dans la rue.

Le tramway qui s'était généralisé, offrait une autre façon de vivre aux Parisiens, aux Franciliens et aux touristes. Le Quartier Latin s'était positivement redynamisé. Malgré les évolutions et les changements qu'il avait subis, il garda son âme héritée de siècles d'histoire. La rénovation de Jussieu était terminée et l'insertion du campus dans son environnement urbain était réussie. A côté, l'îlot Cuvier regroupait l'Institut de Physique du Globe de Paris et la Bibliothèque des Sciences de l'Univers. C'était des constructions que Nadia voyait pour la première fois.

Tout semblait parfait, excepté une seule chose : tous les kilomètres, il y avait une très grande tour avec l'inscription « *Triptonite* ». Nadia demanda à Tania ce que c'était.

Celle-ci lui expliqua que des virus habiles, rusés et rapides se glissaient assez fréquemment dans le système, qu'ils réussissaient à déjouer les pièges que les experts leur tendaient et que seul un matériau d'ultrafiltration, nommé Triptonite, pouvait en venir à bout.

Nadia prit peur à l'idée qu'elle pouvait être attaquée par l'un de ces virus lors de son voyage virtuel. Mais son ange ne manqua pas de lui expliquer que seules les populations étrangères aux Avatars étaient vulnérables, que tous les Avatars étaient immunisés contre ces virus car c'étaient leurs génies qui les avaient inventés.

Rassurée, Nadia continua à découvrir Paris 2 en toute allégresse. Les heures s'envolèrent rapides et joyeuses. Elle traversa le jardin du Luxembourg et emprunta l'avenue de l'Observatoire. Soudain deux agents de police, sortis de nulle part, l'arrêtèrent. Ils l'accusèrent d'un vol de Triptonite survenu, quelques minutes auparavant, dans une tour sur le Boulevard Saint Michel. Une grande quantité du matériau, sans doute le plus précieux de Paris 2, s'était volatilisée. Nadia avait des frissons dans le dos lorsqu'on l'emmena, menottée, sur les lieux du délit. Le secteur était quadrillé par la police et certains indices étaient encore analysés. La porte de la tour avait été fracassée et à l'intérieur régnait un désordre indescriptible.

Nadia clamait haut et fort son innocence mais personne ne la croyait.

Pourtant, aucune empreinte n'avait été retrouvée sur les lieux, et les indices exploitables étaient vraiment infimes. La police se basait sur les témoignages de gens disant avoir aperçu Nadia sortir en courant de la tour lorsque l'alarme s'était déclenchée. Ils affirmaient tous la reconnaître sans la moindre hésitation. Ces témoignages la conduisirent directement en prison. Tout se déroula très rapidement et Nadia eut du mal à réaliser ce qui lui arrivait. En prison, elle comprit qu'elle était l'objet d'une terrible accusation liée à une ressemblance malencontreuse avec une voleuse, mais le plus dur pour elle était de le prouver.

Elle se mit à appeler Tania, non pour rentrer chez elle comme pouvait le supposer cette dernière, mais pour lui expliquer le fond de sa pensée. Dès qu'elle vit l'ange, elle lui dit :

- Paris 2 n'étant autre que le double de Paris, il est normal d'y trouver une autre moi. Une Nadia 2, qui me ressemble comme un clone, est certainement dans cette ville.

Son hypothèse était tout à fait plausible et Tania accepta de lui donner un coup de main. Sans tarder, Nadia se mit à réfléchir à l'endroit où elle se serait rendue après le hold-up si cela avait été elle la coupable. Elle se dit qu'elle aurait commencé par cacher son butin dans un lieu sûr comme son laboratoire, mais ne pouvant bouger de sa cellule sans se déconnecter de tout, c'eût été à Tania de trouver un stratagème pour l'en sortir.

Cependant, elle ne pouvait s'empêcher de penser à ce fameux double.

Elle aurait aimé rencontrer cette femme dans de meilleures circonstances, mais le destin en avait décidé autrement. De toute façon, elle avait trop envie de la rencontrer. La possibilité de se retrouver face à sa copie lui semblait absolument inouïe. Tania accepta de lui donner un coup de main.

Il s'agissait d'un voyage au sein du voyage, d'un songe dans le songe. Seul un miroir spatio-temporel pouvait faire l'affaire. Tania se mit alors à dessiner, avec un stylo très étonnant, des cercles lumineux de place en place sur l'un des murs de la cellule. Au bout de quelques minutes, un grand miroir apparaissait sur le mur. Elle proposa alors à Nadia de s'y glisser doucement pour rejoindre son double. Un seul pas à travers la surface du miroir magique et elle se retrouva dans son laboratoire, ou plutôt dans le duplicata de celui-ci, face à face avec la femme censée être son double. Celle-ci sursauta sur le coup, puis reprit ses esprits et menaça Nadia :

- Qui es-tu ? Que veux-tu ? Ne bouge pas ! lui dit-elle, en brandissant une espèce de massue qu'elle tenait à la main.

Nadia se figea comme venait de le lui ordonner son double, mais ne manqua pas de lui faire remarquer qu'elles étaient identiques toutes les deux. Ce détail avait apparemment échappé à la fugitive.

- Je suis ici pour t'aider et rien d'autre. Explique-moi ce qui s'est passé à la tour, répliqua Nadia.
- La tour du Boulevard Saint-Michel ?
- Oui.
- C'est là que je travaille, mais pourquoi veux-tu savoir ce qui m'arrive ? Qui t'envoie ? demanda la femme dans un état de colère et d'angoisse mêlées.

Nadia s'empressa de lui raconter tout ce qui lui était arrivé à cause de leur ressemblance, elle l'assura de sa bonne foi et de son désir de lui prêter main forte, puis elle la pria de lui expliquer le fond du problème.

- Je suis à l'origine de la découverte de la Triptonite, un exploit que j'ai réalisé grâce à ma méthode de synthèse par fusion froide. Faute de pouvoir me manipuler, ils ont décidé de me supprimer. Dernièrement, je leur ai démontré que je n'étais accessible à aucune forme de pression. En refusant de suivre leurs instructions, je me suis mise en danger, dit la fugitive avec brusquerie.
- En effet, vous vous êtes attiré de sérieux problèmes. Je vois que vous en êtes consciente mais je n'y comprends rien, voulez-vous m'éclairer ?

La jeune femme se calma un peu et dit :
- Cela concerne mes travaux scientifiques sur l'enrichissement de la Triptonite, un projet sur lequel je travaillais très sérieusement jusqu'au moment où j'en saisi la portée. Il y a dix jours environ, un collègue biologiste m'apprit qu'un projet très confidentiel était près d'aboutir dans le laboratoire où il travaillait.

Il voulait parler de la mise au point de l'arme biologique fatale, le super virus dont personne au monde ne détient l'antidote.

Je compris tout de suite que le seul antidote possible était la Triptonite enrichie par magnétophorèse sur laquelle je travaillais. Je réalisai que nos supérieurs n'hésiteraient pas à utiliser les résultats de nos travaux afin de posséder le pouvoir absolu sur le monde entier. Nous deviendrions alors des génies du mal à notre insu.

- Il n'y a rien de plus humiliant pour un chercheur que de se sentir piégé, manipulé. Continuez, continuez, je vous prie. Qu'avez-vous fait alors ?

- Je ne tardai pas à exprimer mon point de vue à mon directeur. Il ne voulut rien entendre et m'imposa de continuer mes travaux en pensant à la suprématie qu'aurait notre centre de recherches dans ce secteur de pointe. Voyant que je n'étais pas très convaincue, il affecta deux agents pour me surveiller. Ils étaient chargés d'épier mes moindres faits et gestes. Cette situation plus que déplaisante a duré toute la semaine. Aujourd'hui, mes nerfs ont lâché, j'ai détruit le labo et je me suis enfuie pendant la pause-déjeuner, le seul moment où je ne les ai pas sur le dos. A présent, ils n'hésiteront pas à m'éliminer en me faisant passer pour une criminelle. Qui se souciera d'une horrible tache dans le parfait paysage de Paris ? Une opération d'épuration de plus ou de moins, ici, c'est chose courante.

Nadia n'en revenait pas, ce qu'elle venait d'entendre la contraria énormément. Paris 2, la ville parfaite de son rêve, n'était pas aussi parfaite qu'elle ne se l'imaginait. Mais l'heure n'était pas au débat philosophique, il fallait déterminer qui étaient les responsables de ce projet diabolique et les dénoncer au gouvernement avant qu'ils ne mettent la main sur Nadia 2. Cette organisation était sans doute très puissante et devait avoir des complices parmi les dirigeants du pays. Nadia 2 savait qu'en essayant de démanteler une telle conspiration d'ordre national, elle se mettait en danger, mais elle avait la ferme intention de le faire. Elle eut l'idée d'amorcer la prise de conscience et la colère populaire en passant un flash à la télévision à l'heure des informations, chose qui lui était possible car son fiancé travaillait sur une chaîne des plus regardées. Mais comme elle était pourchassée par la police, elle devait déjà faire l'objet d'un avis de recherche.
Seule, elle ne pouvait pas convaincre un monde incrédule. En revanche si son collègue biologiste acceptait de se joindre à elle, à deux ils auraient plus de chance. Elle l'appela pour lui expliquer la situation mais se retrouva bien plus surprise par les propos de ce dernier qui lui dit :
- Tu n'as rien à craindre, ton cauchemar est fini. Aussi bien ton directeur que le mien, ainsi qu'un bon nombre de chercheurs, viennent d'être mis à pied et écroués par la police. Si je n'avais pas pris l'initiative de les

dénoncer, il y a deux jours, ils auraient été à peine dérangés par l'incident que tu as provoqué à la tour centrale aujourd'hui.

Mais comme une enquête sur leurs agissements était déjà ouverte au CES (Centre de l'Ethique Scientifique), on les a empêchés de continuer à nuire. Grâce à mon intervention, les agents du CES n'ont eu aucun mal à rassembler des preuves suffisantes pour démontrer l'infraction de ces gens et la dangerosité de l'organisation qu'ils incarnent. Tu es sauvée. Tout ce que tu auras à faire dans les jours à venir, c'est témoigner contre eux.

Ces nouvelles changèrent complètement l'humeur de Nadia 2. Elle pouvait de nouveau respirer. Elle invita Nadia à boire un verre et à faire plus ample connaissance. Les deux femmes passèrent un long moment à discuter de leurs mondes respectifs et du changement de l'espace temps qui permettait à Nadia d'accéder à diverses réalités parallèles. Nadia 2 se doutait bien qu'en changeant la stabilité moléculaire de la matière, on pouvait provoquer sa disparition par un transfert dans une autre dimension.

Avant d'entamer ses travaux de recherche sur la Triptonite, la matière noire la passionnait énormément. Elle avait même l'intention d'en tirer une nouvelle source d'énergie depuis l'identification des métaquarks comme ses constituants fondamentaux. Elle avait imaginé qu'en bombardant ces métaquarks par un canon à muons, elle arriverait à transformer la matière noire en source d'énergie inépuisable, envoyant ainsi aux oubliettes ITER et sa fusion nucléaire.

Nadia ne manqua pas de lui suggérer de reprendre ses travaux sur la matière noire, maintenant que le programme d'enrichissement de la Triptonite était tombé à l'eau.

La conversation devenait de plus en plus passionnante, Nadia qui était une mordue des sciences et de la haute technologie était ravie de rencontrer une scientifique de cette envergure. Mais le temps filait et elle savait qu'elle devait bientôt rentrer chez elle où il était presque quatre heures du matin. Avant de se déconnecter, elle promit à Nadia 2 de revenir la voir. L'aube se devinait déjà dans le ciel de Paris. Peu après, une teinte rosée s'empara de la ville, effaçant la nuit et amenant un nouveau matin. Nadia de retour dans sa dimension, rangea ses lunettes et tout le reste du matériel et s'adonna à un petit somme sans réveiller Adam.

II

Le matin, avant d'aller à son cabinet, Adam vit que Nadia dormait profondément. Malgré la foule de questions qu'il voulait lui poser sur son aventure nocturne, il n'en fit rien. Il s'assura simplement qu'elle allait bien et la laissa dormir.

Vers onze heures du matin, Nadia se leva enfin, avec les souvenirs de la veille plein la tête. Elle prit son petit déjeuner au son de Wagner, puis se sentit prête à travailler dans son laboratoire sans interruption jusqu'au soir. Ce jour-là, elle prit un plaisir vif, presque brûlant, dans sa tâche.

En fin de journée, dès qu'Adam rentra, elle s'empressa de lui raconter son incroyable voyage. Inquiet qu'elle ne se mît à confondre rêve et réalité, il lui conseilla de ne pas se laisser emporter par cette machine implacable qu'était devenu son ordinateur. Ni les circonstances dans lesquelles son épouse avait effectué son premier voyage, ni les expérimentations magiques de son ange du Web ne lui inspiraient confiance, mais n'osant pas lui imposer son propre point de vue, il ne lui recommanda qu'une seule chose, s'assurer qu'elle pouvait se déconnecter du réseau à chaque fois qu'elle se sentait en danger.

Nadia et Adam avaient construit leur relation sur l'amour et la complicité.

En se mariant, chacun des deux conviait l'autre à l'accompagner tout au long de son itinéraire et d'être à l'écoute de ses différences avant ses ressemblances.

Cependant, il était tout à fait impensable qu'Adam songeât un jour à faire partie de la communauté des Avatars. A coup sûr, tous ces réseaux virtuels et ces simulations sur le net, ce n'était pas son truc. Faisant office d'un compagnon spectateur et non acteur, il assura son épouse de sa connivence. Il savait qu'elle aspirait, comme toute personne dotée d'un esprit trop curieux, à frôler l'imaginaire. Il ne l'avait jamais vue aussi emballée, prête à s'investir dans un projet peu commun.

Dès le coucher du soleil, Nadia enfila sa tenue d'immersion et d'un simple clic sur le clavier de son micro, elle mit en marche un système de routage lui permettant de se relier automatiquement au réseau. Un clic la déconnecta de la vie réelle et la plongea dans son univers magique. Elle projetait de visiter Texagun, la capitale d'un pays virtuel très puissant dans « Second World ». Le rêve fut lancé aussitôt et cette fois-ci le voyage furtif se déroula sans problème. Nadia débarqua dans une ville hyper moderne qui ne laissait personne indifférent, une ville étonnante par son gigantisme, une ville où les apparences étaient poussées à l'extrême. Pendant un moment, Nadia fut ravie d'être en ce lieu où, d'après le net, bien des Avatars se sont rendus. Mais une minute après, elle fut prise de panique. Elle cria d'une voix alarmante à l'oreille fictive de son ange :

- Mais tout le monde est armé ici !
- Oui, être armé, c'est la grande particularité de ce pays. Le président, lui-même, un fervent défenseur des armes, est soi-disant en étroite liaison avec Hadès, le dieu des enfers. D'ailleurs dans ce pays se pratique une très curieuse tradition. On coupe une main au nouveau-né à sa naissance et on la lui remplace par une arme à feu. Bien sûr, on laisse aux parents le choix de la main droite ou de la gauche. C'est tout de même le pays de la liberté ici ! Toutefois, si un individu se rend à l'étranger et se sent gêné, il recouvre son arme par un joli gant blanc.

Nadia écouta attentivement les explications de Tania, puis elle prit congé d'elle et s'en alla musarder dans la ville. Des panneaux publicitaires immenses l'illuminaient de toutes parts. En les observant avec plus d'attention, elle remarqua que les objets de la publicité étaient exclusivement des gens. Femmes, hommes et enfants s'affichaient par-ci par-là, comme des marchandises. Elle s'immobilisa pendant un long moment dans une très grande avenue qui regorgeait de ces panneaux, histoire de voir si sa remarque était fondée. Les images défilaient assez rapidement et elle eut l'occasion d'en regarder un bon nombre. C'était toujours des photos attirantes de gens dont on vantait les mérites par un petit texte qui défilait en bas de l'affiche. Sentant qu'elle n'y comprenait rien du tout, elle appela de nouveau Tania pour l'éclairer sur le sujet. Celle-ci lui expliqua :

- Ici, pour exister réellement, chaque individu doit figurer sur un panneau publicitaire à un moment ou à un autre de sa vie. C'est en quelque sorte la seule preuve de son existence. Mais si, par malheur, au moment de son passage, un problème quelconque survenait, l'individu se désagrégerait et disparaîtrait pour toujours. C'est le phénomène de la publicité massive : si on n'en fait pas partie, on ne compte pour personne.

Nadia n'insista pas plus que ça, elle préféra continuer son chemin. Après une longue balade à pieds, elle prit le métro et descendit au hasard après quelques stations. Le quartier où elle débarqua avait l'air louche. Le temps de s'en rendre compte, elle était déjà prise en chasse par une bande de manchots armés. Elle se mit à courir pour leur échapper. Au coin d'une rue glauque, une main l'agrippa et l'attira avec force derrière un portail qu'elle referma aussi sec. Nadia ne parvenait toujours pas à comprendre ce qui lui arrivait. Tout ce qu'elle savait, c'était qu'un jeune garçon venait de l'extirper des griffes d'une meute enragée. Elle le remercia vivement et lui demanda ce qui se passait dans ce quartier. Le garçon, lui souriant avec quelque amertume, lui dit :

- Ça se voit que vous n'êtes pas d'ici, bienvenue en enfer ! Ici, il y a davantage de victimes dans la rue que dans les rangs des forces armées, sans compter le risque imprévisible des attentats.

Nadia, toujours sous le choc, s'apostropha :
- Vos concitoyens ont l'air de conférer aux armes un rôle primordial dans la gestion des conflits de tous genres. Mais même en état de guerre, on a droit à la protection accordée aux personnes civiles, n'est-ce pas ?
- L'année dernière, il y a eu cessation de la protection des personnes civiles, car le gouvernement a jugé que son coût était trop élevé. Depuis, les pertes en vies sont contrebalancées par les attaques militaires menées par notre pays dans différents points du globe.
- Donc si j'ai bien compris, votre gouvernement ne fait plus rien contre la violence et contre son cortège d'horreurs à l'encontre des gens comme vous et moi.
Chose que le jeune garçon confirma totalement, mais il ajouta :
- Les gens comme vous et moi, c'est bien dit ! Parce que les autres, les privilégiés, personne ne peut les toucher. En plus de la greffe d'une arme à l'emplacement du bras, ils bénéficient d'un implant au cerveau qui leur permet de commander tous ceux qui, comme moi, n'en ont pas. Nous leur obéissons au doigt et à l'œil.
Nadia avait l'impression de se trouver au cœur d'un horrible cauchemar. A cet instant, le bruit assourdissant des coups de feu retentirent dehors et des cris terrifiants fusèrent de toutes parts. Nadia, pensant au conseil de son mari, préféra abréger le voyage en se déconnectant du réseau.

III

Trois heures du matin à Paris : le lever du soleil était encore loin. La nuit n'avait pas encore cédé sa place aux flammes dorées de l'aurore, mais Nadia sentait que son corps s'était raidi, surtout au niveau des cervicales. Sans doute, l'angoisse et le dégoût auxquels elle venait d'être confrontée, s'étaient-ils ajoutés à la fatigue liée au nombre considérable d'heures qu'elle passait le dos courbé sur son ordinateur. Sans faire de bruit, elle se glissa dans le lit à côté d'Adam qui dormait d'un sommeil de plomb.

Au réveil, elle sentit que des tensions étreignaient encore certaines parties de son corps, pourtant son lit était un matelas hydraulique massant et relaxant, un lit doté d'une intelligence artificielle permettant d'adapter ses courbes et ses dimensions aux mouvements de l'utilisateur.

Cette fois-ci, elle réussit à raconter son expérience à Adam avant son départ au travail. Ce dernier ne savait plus que penser de tous les risques qu'elle encourait en faisant de tels voyages dans des pays inconnus. L'idée qu'on aurait pu tirer sur sa femme dans je ne sais quel monde, même dans un rêve, l'effraya énormément, sans parler de la crainte qu'il avait de la perdre dans une autre dimension.

- Prends garde à toi ma chérie, rien ne t'oblige à aller jusqu'au bout de tes rêves, aussi magiques soient-ils ! fit Adam.

- Ne t'en fais pas pour moi, je suis prudente.
- Prudente ! tu pourras me faire croire n'importe quoi sauf ceci, toi, prudente, qu'est-ce qu'il ne faut pas entendre !
- Si être prudente, c'est mesurer les risques dans une aventure que l'on entreprend, oui je le suis, mais s'il s'agit de ne pas prendre de risques, là c'est toi qui as raison.
- Promets-moi, au moins, de prendre le temps de réfléchir avant de t'embarquer dans un autre voyage.
- D'accord mon chéri, tu as ma parole. Maintenant, va travailler l'esprit tranquille.
- Pourquoi n'irais-tu pas au hammam ce matin ? En plus tu pourrais t'y faire masser le dos. Cela te détendrait et te changerait les idées.
- D'accord, d'accord, et maintenant file avant de te mettre en retard !

L'idée d'un bon massage trouva très rapidement son écho dans l'esprit de Nadia, d'autant plus que la dernière fois qu'elle s'était rendue au hammam, remontait à trois mois. Pourtant il n'était pas très loin de chez elle. Il faisait partie de la Grande Mosquée de Paris. D'ailleurs, dans son état de fatigue, seul un bain de vapeur suivi d'un massage global était capable d'induire un relâchement efficace de ses pauvres muscles et peut-être aussi de ses neurones. Entre les effluves humides et chauds, les huiles végétales relaxantes et les mains bienfaisantes d'Aïcha, sa masseuse habituelle, elle allait redynamiser tout son corps.

Après le bain, l'atmosphère caressante et parfumée régnant autour de la table de massage finit par plonger Nadia dans une relaxation délicieuse. Le temps s'écoula sans qu'elle ne s'en rendît compte. Au milieu de fragrances enivrantes, elle s'abandonna au sommeil. Au bout de quelques minutes, elle sentit un souffle frais à son oreille. Un timbre de voix qui ne lui était pas inconnu lui annonça la fin de la séance de massage.

En sortant du hammam, Nadia s'en alla musarder dans la rue Mouffetard, une des rues les plus anciennes de Paris et des plus surprenantes aussi. Dans cette rue réputée pour son animation, deux pas pouvaient vous mener du libraire au maraîcher, du boucher au chausseur ou encore du chocolatier au restaurateur. Il faisait une de ces belles journées où le soleil se montrait sans voile. L'éclat du soleil et la lumière transparente de l'air donnaient aux lieux et aux objets des couleurs qu'ils n'avaient pas la veille. Le Quartier Mouffetard, pourtant si familier, ressortait avec ses menus détails au grand jour, des détails que négligeaient les passants trop pressés et que seule Nadia semblait voir.

Le soir, Adam, réconforté de savoir que sa femme n'envisageait pas d'entreprendre un autre voyage nocturne sur la grande toile, lui proposa de dîner dehors et il lui confia le choix du restaurant. Dans le quartier, on pouvait manger n'importe quelle cuisine du monde entier, de la française à la chinoise, en passant par la marocaine, l'italienne et bien d'autres.

Une partie cachée de toutes ces contrées subsistait toujours dans ces restaurants, chose qui ne déplaisait pas à Nadia.

Ce soir-là, ils se rendirent à un restaurant marocain où ils avaient l'habitude d'aller. Pour choisir un restaurant, Nadia s'assurait que l'on y mangeait bien. Contrairement à de nombreuses femmes de son temps, elle n'allait pas au restaurant pour manger une salade verte.

IV

Le lendemain, Nadia était très enthousiaste, prête à travailler avec ardeur dans son laboratoire. Elle travaillait sur les circuits de contrôle de champ magnétique. C'était la seconde et dernière étape de ses travaux purement physiques. Au début, il a fallu faire un travail de chimiste pour créer les couches minces et maintenant il fallait activer chaque couche indépendamment des autres et relier le tout par un système de contrôle magnétique. Elle passa ainsi toute la journée à tenter de saisir la parfaite harmonie de ses minutieux circuits électroniques sans y parvenir. Mais ce genre de situation ne la dérangeait pas car elle savait bien qu'il constituait la plus grande part du travail d'un inventeur.

En fin d'après-midi, elle allait et venait dans la maison sans but précis. Tantôt elle s'allongeait, tantôt, elle se levait, allait boire un verre, se forçait à manger un morceau, mais rien n'y faisait. Indécise et préoccupée, elle avait le sentiment de chercher une idée pour son prochain voyage, une idée qui lui échappait encore.

A chaque fois qu'elle choisissait, arguments à l'appui, une destination particulière, ses arguments s'estompaient très rapidement au milieu d'autres pensées. En fin de compte, un désir l'envahit, celui de visiter Stodholt. Elle avait entendu parler des progrès notoires des Avatars nordiques en matière d'architecture modulaire évolutive, héritière de la domotique, et voulait s'en rendre compte sur place.

Le soir, son rêve dans la tête, elle n'eut pas beaucoup de mal à convaincre Adam de son envie inflexible de retenter l'expérience. Cette fois, son désir brûlant, son émerveillement pour la destination qu'elle avait choisie, abrégèrent la discussion. Elle promit à son mari de vivre cette aventure de manière différente, plus détachée, car il s'agissait davantage de satisfaire sa curiosité scientifique dans un domaine très spécifique que de poursuivre un rêve ou un fantasme dont elle pourrait être déçue.

Prête pour un nouveau départ, elle brancha ses appareils et enfila sa tenue habituelle. Arrivée sur les lieux, elle y trouva une pluie lourde et abondante qui obscurcissait l'azur et plongeait la terre dans un froid glacial. En dépit du mauvais temps, Nadia n'hésita pas à déambuler pendant deux heures dans les rues où il n'y avait pourtant pas assez de lumière pour ses yeux. Lorsqu'elle sentit son corps frissonner, elle décida de s'abriter dans un petit hôtel. C'était en fait un hôtel particulier ultra sophistiqué, une sorte de sphère numérique où tout le panel de protocoles de connexion sans fil s'exhibait.

Exactement ce que Nadia avait imaginé, sauf peut-être une merveille de la technologie : des mini robots volants, activés par un moteur ultrasonique, qui faisaient toutes les tâches ménagères. Elle en aurait bien supporté un ou deux chez elle pour mettre de l'ordre dans sa maison. Trois heures s'écoulèrent sans qu'elle ne vît un seul être vivant de près.

Tous les contacts s'étaient passés à distance, par écrans interposés, se trouvant partout et fonctionnant vingt-quatre heures sur vingt-quatre. Pas étonnant que ce pays eût le taux de croissance démographique le plus faible de la planète.

Pendant qu'elle admirait la multitude d'objets ultra fins qui l'entouraient, elle se mit à éternuer et à claquer des dents malgré le chauffage. Elle avait sans doute attrapé un rhume. A l'instant même où elle éternua, Tania débarqua de nulle part, anxieuse :

- Si c'est un rhume, tu pourras te faire soigner ici par la télémédecine, mais si c'est la grippe, je dois te rapatrier tout de suite. Ici, la grippe a été éradiquée.

- Je suis sûre que c'est un petit rhume de rien du tout, je n'ai pas de fièvre, répliqua Nadia qui ne voulait pas repartir si tôt.

- Heureusement que tu ne t'es pas attardée dans la rue plus longtemps : dehors c'est le déluge ! Une pluie torrentielle s'abat sur la ville. Le dérèglement climatique offre ici une de ses multiples images terrifiantes. Si tu te sens mal, je te conseille de rentrer tout de suite.

La proposition de Tania n'était pas du goût de Nadia, car cette dernière voulait profiter un peu plus de toutes les inventions auxquelles elle avait accès depuis sa sphère numérique. Elle sollicita une consultation médicale à distance. Un robot, mesurant un mètre soixante, représentait virtuellement le médecin. La tête du robot, sous forme d'écran d'ordinateur, reproduisait le visage et la voix du praticien, alors qu'une caméra incorporée lui renvoyait l'image et les paroles de Nadia. Le médecin ordonna aussitôt la livraison des médicaments à la jeune femme. En moins de cinq minutes, le sas de livraison, situé dans la cuisine, signala leur arrivée.

Nadia se soigna et continua la visite des lieux. Elle s'intéressait plus particulièrement au module de contrôle du logis. Le cerveau qui réglait tout, avec une grande facilité apparente, était un ordinateur photonique, lointain héritier du PC. D'un simple clic, Nadia se commanda un bon dîner qu'elle savoura avec plaisir. Mais durant tout ce temps, elle ne pouvait pas chasser l'impression qu'elle avait d'être surveillée, épiée dans ses moindres mouvements. Elle se sentait constamment sous l'œil attentif du fameux ordinateur, chose qui la gêna encore plus lorsqu'elle utilisa les toilettes. Mais en réalité, la nuit s'écoula trop vite et Nadia dût se hâter pour rentrer chez elle avant le lever du jour.

Le réveil fut très paisible, devant la tasse de café bien chaud que son mari lui avait préparée pour émerger du brouillard, elle lui raconta le voyage de la veille. Il apprécia le fait qu'elle n'en fût pas revenue dépitée comme la fois d'avant, mais il redoutait qu'elle ne devînt de plus en plus attirée par les voyages virtuels. Il lui dit alors :

- N'oublie pas que ton monde itinérant n'a rien de réel. Tu aurais tort de le prendre au sérieux. Pense plutôt à ton invention qui, elle, est bien réelle !

- Tu t'inquiètes pour rien, je ne risque pas de confondre la vraie vie avec la réalité virtuelle, j'essaie juste d'investir ce nouvel espace comme je le ferais avec un laboratoire de haute technologie afin d'en tirer quelques idées pour améliorer mes propres recherches.
- La réalité virtuelle, quel paradoxe ! mais après tout, c'est toi qui sais.

Vers dix heures du matin, Nadia sortit avec l'intention de se rendre au marché du quartier. Mais l'effet de son séjour à Stodholt n'était pas complètement passé. Chaque fois qu'elle croisait une personne qu'elle connaissait, elle avait envie de lui parler, de la retenir un long moment. Sans doute était-elle, ce jour-là, obsédée plus qu'à l'accoutumée, par l'envie de partager ses sentiments avec une âme vivante.

Pour rentrer à la maison, elle traversa le Jardin des Plantes, un endroit qu'elle aimait beaucoup, aussi bien pour ses arbres vieux de deux siècles, aux troncs immenses et aux branches protectrices, que pour ses effets éphémères suspendus aux caprices des fleurs à travers les saisons. Elle s'installa sur un banc pour humer les parfums que dégageaient les diverses espèces végétales qui l'entouraient. Ce jour-là, une bouffée d'arômes sucrés émanait de deux lilas en fleurs.

L'après-midi, elle devait aller à un rendez-vous très important avec des représentants de la Flat Screen Co, une société de grande renommée dans le domaine des écrans à cristaux liquides.

Maintenant que son prototype était pratiquement fini, elle devait penser à son devenir. Son écran holographique se détachait des autres écrans grâce à ses trois dimensions. Il était d'autant plus révolutionnaire qu'il ne nécessitait pas le port de lunettes spéciales.

Pour se rendre à son rendez-vous sans se faire bousculer par la foule, Nadia préférait emprunter un vélo parmi ceux que la mairie de Paris venait de mettre à la disposition des gens. Nadia appréciait ce système de location de vélos en libre service et accessibles vingt-quatre sur vingt-quatre. Elle n'avait aucune envie de marcher vite, ni d'avoir l'œil de tous côtés car dans les couloirs du métro, quand on voulait éviter une personne devant soi, on était déjà pressé par celle qui suivait, sans parler de tous les visages aigris et tous les regards tristes ou agressifs qu'on y croisait.

La rencontre se déroula plutôt bien. L'offre que ces personnes firent, lui sembla satisfaisante. Elle leur demanda toutefois un temps de réflexion avant de s'engager. Cet événement ayant égayé sa journée, il ne lui restait qu'à songer à la destination où elle voulait se rendre dans la soirée. Elle pensa à Tokin, la capitale du Chipon, un pays où la densité démographique et la croissance économique étaient les plus élevées de « Second Word ». Elle se disait que ce pays, que l'histoire avait enrichi, avait certainement des trésors cachés que les Avatars n'avaient sans doute pas manqué de dévoiler dans cette nouvelle dimension.

Ce soir-là Adam n'était pas d'accord. Il ne voulait pas que son épouse devînt accro à ces voyages nocturnes l'entraînant loin de lui, dans on ne sait quel monde.
- Tu ne comptes tout de même pas me plaquer tous les soirs ? s'écria Adam outré au point d'oublier toute autre considération. Je ne vais pas supporter cette situation sans plainte, tu dois savoir qu'à chaque fois que tu pars, je reste désemparé. Un sentiment d'inquiétude implacable me gagne et m'empêche de fermer l'œil. En plus, on dirait que tu oublies qu'un être humain a besoin de sommeil. Tu ne dors plus !
- Ne crois-tu pas que tu exagères un peu ?
- Non ! fit-il sur un ton de reproche. Et je ne te parle même pas de la crainte que j'ai de te voir te transformer en une droguée de ce « Second World ». Chaque soir, on dirait qu'une envie irrépressible de te connecter te saisit comme si tu devenais de plus en plus incapable de penser à autre chose qu'aux voyages virtuels. Dès que le soleil se couche, tu ne penses plus qu'à tes rêves. Et la vie réelle, qu'est-ce que tu en fais ?
- Là, mon cher époux, tu as tort. Je m'occupe d'abord et avant tout de la vie réelle. Contrairement à ce que tu penses, le net ne m'a pas rendue malade. En l'occurrence, devine ce que j'ai fait aujourd'hui !
L'espace d'un instant, Adam resta silencieux. Mais alors, voyant qu'il était trop crispé pour jouer aux devinettes, Nadia lui annonça l'issue de son rendez-vous de l'après-midi.

Pleine d'allégresse et on ne peut plus confiante, elle lui expliqua le succès de son invention et les perspectives qui en découlaient. D'un seul coup, la mauvaise humeur d'Adam se dissipa. Il ne prêtait plus garde aux pensées qu'il avait eues auparavant, si exaspérantes qu'elles fussent. Il contempla un instant le visage lumineux de sa femme, et désireux de la féliciter, il lui dit :
-Te voilà enfin récompensée de tes efforts, ma chérie ! Si l'on considère la masse de travail que tu as effectuée pour y arriver, on dira sans exagérer que tu n'as pas volé ton succès.
Il termina ses paroles en embrassant Nadia tendrement, puis l'invita à sortir fêter l'heureux événement. Il ne reparla plus du tout du « Second Word » comme si une loi secrète lui avait interdit d'évoquer un sujet sur lequel il n'était pas d'accord avec sa femme et - soit dit en passant- il entreprit de tourner la page de manière irréversible afin de ne plus se heurter à l'obstination habituelle de cette dernière.
Pour dîner en amoureux, ils choisirent la Closerie des Lilas, le restaurant où ils étaient allés le jour de leur premier rendez-vous. Il y avait ce soir-là un pianiste qui jouait du Chopin, admirablement, ce qui leur permit de passer une merveilleuse soirée. Il faut rappeler ici que tout au long des années, ils s'étaient forgé un espace de vie commune où régnait une harmonie quasi parfaite. En revanche chacun d'eux avait un espace personnel où il évoluait selon les traits de son propre caractère.

V

Le lendemain, le couple se réveilla dans une harmonie parfaite. Après le petit déjeuner, lorsqu'Adam partit travailler, Nadia se mit à lire le journal. Ce matin-là, les nouvelles étaient contrastées : un nouveau vaccin contre telle maladie avait été découvert, une mutation génétique d'un tel virus avait été détectée, la guerre dans une région du monde avait fait des ravages, un accord de paix dans une autre région venait d'avoir été signé, une réduction de prix des voitures, une augmentation du prix des carburants, une inondation suite aux pluies diluviennes dans une région, des températures largement supérieures aux normales saisonnières dans une autre… etc.

Ensuite Nadia regagna son laboratoire, passionnée et dynamique. Maintenant qu'elle avait décroché la promesse d'un contrat sérieux, elle devait finir son travail. Après un dur labeur qui avait duré deux années, il lui fallait deux semaines environ pour conclure. C'était une raison de plus pour se concentrer sur ses travaux et reporter son projet de voyage virtuel. La journée s'écoula très rapidement, mais Nadia était contente car elle sentait qu'elle avait bien progressé.

La vie du couple reprit son rythme normal d'avant l'adhésion de Nadia à la communauté des Avatars et cela dura un mois. Puis le jour tant désiré par tout chercheur digne de ce nom, celui de la dernière étape, arriva. La réalisation de son prototype était complètement terminée.

Son merveilleux bébé était né ! Elle déposa aussitôt un brevet pour le protéger, publia ses travaux dans un journal international de physique, puis savoura pleinement son succès.

Une telle réussite est fréquemment accompagnée d'une atmosphère de fête et d'extase. L'inventeur ne touche plus terre, comme on dit. Il plane dans la joie divine de la réalisation de son rêve, enivré par son succès. Après des années de patience et de travail acharné, Nadia vivait son moment de gloire. Elle savourait son bonheur et recevait tous les jours les félicitations de la famille, des amis et d'autres personnes pressées de faire sa connaissance, notamment des journalistes.

 Mais plus les effets grisants du succès s'éloignaient dans le temps, plus elle ressentait un vague à l'âme inexplicable. Quant aux retombées matérielles de son invention, elle les appréciait dans la mesure où elles allaient lui permettre d'aider ceux qui avaient besoin d'elle, notamment un jeune étudiant dans le besoin et une amie d'enfance que la maladie empêchait de travailler. Elle pensa également à elle-même : elle fit faire des travaux dans son laboratoire pour le rendre plus agréable et s'acheta quelques appareils de mesure, de la dernière génération.

Mais après avoir laissé son corps et son esprit souffler pendant un certain temps, elle se remit à penser au « Second World », sans quoi sa vie aurait commencé à lui sembler plus monotone qu'elle ne l'était en réalité.

A nouveau, elle ne supportait plus l'ennui apparent de ses jours égaux et recherchait l'insolite.

Elle se remit alors à songer à la féerie des voyages sur le net. L'idée de pouvoir découvrir Tokin, la ville qu'elle envisageait de voir avant d'être rappelée à l'ordre par son mari et son travail, la tiraillait encore. Son imagination s'ingéniait à lui peindre une cité moderne exceptionnelle qui valait le déplacement.

Mais son bon sens lui dictait d'oublier cette envie obsessionnelle. Et pour y arriver, une période de sevrage allait lui être nécessaire. Alors elle allait se promener souvent à pied de quartier en quartier, observant tout ce qui se passait dans la capitale. Elle faisait les magasins plus souvent, et cherchait à récupérer son bien-être grâce aux divers protocoles de soins esthétiques du visage et du corps. D'ailleurs, ce fut ainsi qu'elle avait découvert un centre d'esthétique asiatique dans le treizième arrondissement, un centre spécialisé en cosmétiques naturels, qui proposait le remodelage complet de la silhouette.

Puis, un jour, Adam partit à Nice pour assister à un colloque d'éthique de la Société Française de Pédiatrie. Le thème du colloque « L'enfant entre décision médicale et désir parental » lui avait semblé fort intéressant, d'autant plus qu'il rencontrait parfois des difficultés liées à son rôle de négociateur entre les besoins de l'enfant et la volonté des parents, le plus souvent dans des situations transculturelles.

L'absence d'Adam exhorta Nadia à céder au désir bouillonnant qu'elle avait longtemps cherché à museler. Il apparut clairement qu'elle ne pouvait, ni ne voulait plus se raisonner. Au contraire, advienne que pourra, elle s'apprêta à partir le soi-même pour l'aventure nocturne avec plus de zèle et d'énergie que d'ordinaire.

Après avoir enfilé son costume d'immersion, elle se connecta au réseau. Le voyage furtif se déroula comme d'habitude et elle débarqua à Tokin. Son esprit exalté, captivé par son activité fantastique, retrouva toute son allégresse. La ville était encombrée de gens et de voitures, et les nuisances sonores n'y manquaient pas. Nadia remarqua que partout où elle allait, elle croisait plus d'hommes que de femmes. Elle trouva cette rareté inhabituelle mais ne voulut pas s'en préoccuper. Il ne fallait pas s'égarer dans des idées de ce genre. Le plus raisonnable était de continuer la balade.

Elle entra dans un immense centre commercial où l'on vendait des appareils ménagers très sophistiqués du même genre que ceux qu'elle avait vus à Stodholt, mais en plus grande quantité. Un commerçant, ayant compris qu'elle était étrangère, tint à lui vanter les mérites de sa marchandise, il lui dit :

- Chez nous, l'horloge tourne beaucoup plus vite qu'ailleurs, c'est pourquoi il est impensable de ne pas équiper sa maison avec de tels appareils. La nanotechnologie domestique nous permet de recouvrir le moindre recoin de la maison et de gagner un temps fou.

Nadia engagea avec le commerçant une longue discussion dans un langage de connaisseurs qui l'enchanta et le changea sans doute des discussions qu'il avait habituellement avec les autres clients. Elle incita cet homme à la guider tout au long de sa visite du gigantesque magasin. Elle remarqua au passage l'absence d'écrans à cristaux liquides, à trois dimensions. Elle s'en étonna d'autant plus qu'elle savait que ces gens copiaient tout. Serait-ce trop difficile à copier ? Cette idée ne lui déplaisait pas du tout.

Sachant que le Chipon était également réputé pour ses produits agricoles génétiquement modifiés, elle demanda à la première personne qu'elle croisa de lui indiquer le marché le plus proche. Là, elle trouva une dizaine de variétés de chaque fruit et légume qu'elle connaissait. Le développement des technologies génétiques dans l'alimentaire, était apparemment plus que prospère. Mais dans ce grand marché très fréquenté, les femmes se comptaient sur le bout des doigts.

Nadia fut de nouveau intriguée par cette rareté et comme elle ne pouvait pas calmer sa curiosité en posant la question directement à ces gens, elle dut appeler Tania et - soit dit en passant- quand elle voulait s'adresser à son ange, elle parlait à la cantonade. Mais cette fois-ci, elle mit la main devant sa bouche : elle n'osait pas élever la voix car le marché grouillait de monde.

- Est-ce que tu as déjà entendu parler de la politique de l'enfant unique ? demanda l'ange.

- Oui, bien sûr, répliqua Nadia, dans son état de curiosité impatiente.
Tania continua alors ses explications :
- Ayant pratiqué cette politique pendant des décennies, le Chipon a provoqué un immense déséquilibre de sa balance démographique. Préférant traditionnellement avoir un fils qui pourrait subvenir aux besoins de ses parents, plutôt qu'une fille qui après le mariage irait vivre dans sa belle-famille, des couples par millions, ont préféré l'avortement à la naissance d'une fille.
- C'est horrible ! J'espère que cette loi sera abolie un jour et que les couples retourneront à un comportement plus naturel et plus humain.
Une fois son ange reparti, Nadia reprit sa promenade, mais cela dura tout au plus une heure avant que le moment du retour n'arrivât. Il aurait fallu se presser de façon insensée pour visiter quelques sites historiques.

VI

Cinq heures : l'aurore se leva sur la ville de Paris encore assoupie. Il avait manifestement plu. Une traînée de nuages dérivait encore dans le ciel et l'air était très humide. Nadia rentra à la maison, fatiguée mais heureuse. A coup sûr, son corps réclamait quelques heures de sommeil, mais son esprit était radieux. Depuis qu'elle avait découvert les virées virtuelles, elle ressentait qu'elles développaient en elle les facultés les plus étranges, les plus fortes, mais les plus essentielles. Tout ce qu'elle retenait était que la haute technologie des Avatars lui avait ouvert de nouveaux horizons, vers l'infini.

Elle n'en voulait pas à Adam de ne pas la comprendre, car elle savait que personne ne pouvait l'accompagner au long de cet itinéraire aux frontières du réel. C'était une quête trop personnelle, une quête intérieure que seuls ceux qui marchaient sur terre avec la tête dans le ciel étoilé, pouvaient découvrir un jour. Il y avait là une conviction essentielle pour le maintien de l'équilibre au sein du couple, car si Nadia savourait l'indicible, le surnaturel, l'inconnu, Adam, quant à lui, était plus imprégné des forces telluriques qui le dotaient d'un caractère fort et rassurant.

La journée était pluvieuse, une lumière faible éclairait à peine la maison et ne réussit pas à donner à Nadia l'envie de sortir.

En faisant quelques tâches ménagères, elle voulait simplement passer le temps jusqu'au soir. Sachant que son mari n'allait pas rentrer avant le lendemain, elle prévoyait à nouveau de repartir en voyage nocturne. En pensant à la destination qu'elle allait choisir, elle se rappela la promesse qu'elle avait faite à Nadia 2 lors de son tout premier voyage. L'idée que son double était doté d'un caractère au moins aussi flamboyant que le sien lui plaisait énormément.

Au moment où Nadia arriva chez son double, une silhouette de fillette sortant de l'immeuble passa devant elle sans la voir. Les bras chargés d'un appareil apparemment trop lourd pour elle, elle avait du mal à marcher jusqu'à une voiture garée sur le trottoir. Nadia dut la suivre d'un pas pressé pour lui venir en aide. La jeune fille leva les yeux vers elle et lui tendit l'objet pesant en lui disant, d'une voix basse et agréable, qu'elle lui était reconnaissante pour son aide. Nadia lui fit un sourire courtois puis s'immobilisa soudainement, et pour cause : la fillette, d'une dizaine d'années à peu près, ressemblait curieusement à la mère de Nadia. Tout comme cette dernière, des boucles noires auréolaient son front laissant apparaître des yeux noisette magnifiques. Son visage était celui de la maman en plus jeune. Comme Nadia ne bougeait plus et qu'un filet de sueur glissait sur son front, la fille ouvrit la portière de l'auto et la guida vers l'endroit où elle devait poser l'instrument.

Incapable de détacher son regard d'elle, Nadia sentait son cœur battre de plus en plus fort. A cet instant, Nadia 2 apparut derrière, sur le trottoir. La fillette fit volte-face, complètement stupéfaite. En pensant qu'elle était victime d'une hallucination, elle s'écria :
- Je crois que je vois double !
- Non, nous sommes bien deux ! répliqua Nadia 2.
- Ma propre sœur aurait une jumelle et je ne le savais pas ! Il y a peut-être une troisième Nadia ? Quel délire ! et vous vous ressemblez tellement …
Pour lui éviter de se livrer à des doctrines spéculatives diverses, sa sœur lui expliqua les grandes lignes de l'histoire et laissa à Nadia le soin de répondre à ses questions pertinentes.
L'âme remplie d'émoi, Nadia se rappela que lorsqu'elle avait dix-huit ans, sa maman avait eu une fausse couche et le fœtus était de sexe féminin. Elle se sentait désemparée à l'idée de se trouver face à face avec cette petite sœur, comme ressuscitée.
Elle se mit à se tordre les neurones dans tous les sens : et si c'était possible de sauver de la mort certaines personnes et si tous nos morts vivaient dans des mondes parallèles au nôtre, et si… et si…
A cet instant, elle se souvint de sa Vénitienne mystérieuse, Maria- Christina ou la Joconde, qui par son masque magique, lui avait ouvert hors de l'espace-temps ordinaire une des portes infinies entre les mondes parallèles de la vie et de la mort.

Après tout, elle-même, n'était qu'un être virtuel pour les gens qu'elle rencontrait lors de ses voyages. Elle-même, lorsqu'elle voyageait la nuit, laissait son enveloppe charnelle dans sa chambre et si elle ne revenait pas avant le lever du soleil, elle serait considérée comme morte. Mais la question qui l'obsédait était : « Que lui arriverait-il vraiment si elle ne se déconnectait pas ? » en d'autres termes : « Qu'advient-il de la vie une fois sa limite franchie ? Quand la vie cède-t-elle le pas à la mort ? » Cette interrogation troublante lui donna la fièvre et ajouta à sa confusion.

Brusquement, elle eut envie de franchir la barrière qui lui semblait infranchissable la veille encore. Elle décida de ne pas se déconnecter. Ses yeux brûlaient d'un feu insolite. Par on ne sait quelle folie, elle se promit de s'approcher de la limite en restant vigilante, aussi près que sa raison le lui permit.

Nadia 2, malgré sa grande curiosité scientifique, était foncièrement contre. Elle jugeait l'expérience extrêmement dangereuse. Par ailleurs, depuis que tout ce qu'elle croyait savoir de l'espace-temps avait été bousculé par sa rencontre avec Nadia, elle tenait à la garder vivante pour l'aider à lever le doute qui s'était induit en elle, concernant ce qui était ou semblait être !

Au bout d'une longue discussion entre les deux jeunes femmes sur le néant des choses, sur la fragilité de l'existence et sur l'inéluctabilité de la mort, Nadia finit par entendre raison.

Elle se dit : « La vie est trop courte et ça serait dommage de manquer son chemin dans l'obscurité ou de se perdre dans les ténèbres. De toute façon, la mort guette suffisamment tout le monde ! » Cependant, jamais auparavant, Nadia n'avait eu un si vif sentiment de son néant. « Et si toute la vie n'était que tromperie et illusion ! » se disait-elle en éprouvant même du chagrin. En face d'elle, se tenait Nadia 2 encore plus troublée qu'elle. Elle, qui avait effectué les plus hautes études et gravi un à un les échelons de la réussite, ne se faisait toujours pas à l'idée que sa vie n'était qu'une illusion avérée. Depuis sa rencontre avec Nadia, toutes ses certitudes s'étaient évaporées et il ne lui restait alors qu'un souvenir lointain à leur sujet.

Peu avant les premières lueurs de l'aurore, les deux femmes se promirent d'essayer de retrouver, sous les péripéties éphémères de leur existence, ce qui comptait plus à leurs yeux que le caractère pittoresque de la vie : leur amour pour leurs proches, leur fidélité à leurs opinions, leur intelligence immuable et leur curiosité exceptionnelle de toutes choses. Ensuite Nadia, peu apaisée, prit congé de son double et se déconnecta du réseau pour rentrer chez elle.

VII

Vers dix heures du matin, Nadia se réveilla avec un mal de tête épouvantable. Elle avait l'impression que des objets, scintillant de lumière, gravitaient autour d'elle, en lui donnant le vertige. Elle cligna des yeux plusieurs fois avant de comprendre qu'elle n'arrivait pas à supporter la lumière du jour. Il ne s'agissait pas d'une légère indisposition mais d'une véritable difficulté. Elle se hâta vers la fenêtre et ferma très rapidement les rideaux. C'était pourtant un matin maussade, une clarté bleu-gris éclairait faiblement la chambre.

Les formes tournoyantes semblaient se dissiper mais un bourdonnement rompait encore le silence dans sa tête. A chaque fois qu'elle essayait de se maintenir debout, elle tanguait et perdait l'équilibre. Il lui parut qu'une force invisible la prenait par les épaules et la jetait dans son lit. Elle s'y affala sans résistance ni volonté. La mystérieuse force qui continuait à roder dans la chambre, l'empêcha d'envisager de se relever.

Contrairement aux expériences précédentes, la dernière semblait l'avoir complètement perturbée, son esprit souffrant sans doute d'un certain dérèglement. Sa tête bouillonnait d'un travail étrange, les pensées s'y amoncelaient les unes sur les autres en désordre. Les mouvements de son psychisme étaient incohérents, absurdes.

En fin d'après-midi, Adam rentra à la maison et la trouva encore couchée. Lorsqu'il l'aida à se relever, il la sentit défaillir. Très vite il comprit qu'elle était malade, et l'ausculta sur le champ. Il constata chez elle tous les symptômes d'un surmenage et lui conseilla quelques jours de repos. Ce soir-là, elle ne supporta ni la lumière, ni le bruit, ni la voix de son mari. Elle avait la sensation que son cerveau allait exploser. Heureusement que les calmants qu'Adam lui avait administrés lui permirent d'arrêter le moulin qui tournait à vide dans sa tête, et surtout de dormir.

Le lendemain, après un sommeil lourd et comateux, elle ne se sentait pas la force de raconter à son époux ce qu'elle avait fait durant son absence. Dès qu'elle s'imagina son visage furieux, elle se tut. Elle montrait encore une certaine faiblesse et ne désirait rien faire. Elle s'obligea tout de même à boire une tasse de café devant les yeux inquiets d'Adam, auquel elle offrit un sourire rassurant, mais qui n'avait rien de son ardeur habituelle.

Après le départ d'Adam, Nadia regretta âprement de ne lui avoir rien dit, elle se reprocha son comportement enfantin, puis essaya d'étouffer cet insupportable sentiment en se disant qu'elle était adulte et qu'elle devait assumer pleinement les conséquences de ses actes.

La matinée fut longue et éprouvante, Nadia tournait et retournait les souvenirs de son dernier voyage dans son esprit. Il lui était malaisé de penser à autre chose qu'à l'issue qu'aurait pu avoir son aventure de la veille.

Dans son fort intérieur, elle s'avoua avec confusion qu'à un moment, elle ne savait plus distinguer le rêve de la réalité. Et si le réseau se transformait en un monstre dévorant, un ogre sournois, capable de ligoter les esprits ?

A l'instant où elle eut cette pensée, elle se souvint de la phrase des pirates qui disait « *You will lose your mind !* » Ce que prophétisait cette phrase pour sa destinée future, était probablement en train de se produire : après l'émoi, le dégoût ou l'émerveillement, la perte de soi dans les filets de la toile. En s'aventurant dans le réseau des Avatars, elle risquait de torturer son propre réseau neurologique, chose à laquelle elle n'avait jamais pensé auparavant.

Vers quatre heures de l'après-midi, Adam rentra à la maison. La crainte, qu'il éprouvait pour sa femme le fit revenir plus tôt. Nadia, qui se sentait encore d'humeur revêche, tellement son inquiétude n'avait fait que croître toute la journée, fut agréablement surprise. Si elle lui avouait maintenant : « J'ai repris mes voyages virtuels pendant ton absence, mais le dernier m'a fortement secouée … », tout serait tellement plus facile. Mais elle ravala ses mots quand Adam lui proposa d'aller voir un film au cinéma. L'idée l'enchanta, si le film est aussi bon que ne le disait son mari, elle sera suffisamment absorbée pour ne plus avoir de réflexions sur le réseau.

Après le cinéma, le couple projeta de manger dans une pizzeria.

Dans l'esprit de Nadia surgissait de nouveau la question : « Est-ce que je lui en parle ou pas ? » Son tumulte ne dura pas trop longtemps car ce fut Adam qui engagea la discussion au sujet du « Second World » :
- Tu as effectué d'autres voyages virtuels ces derniers soirs, tu ne m'en as pas parlé, mais je l'ai senti. Vois-tu ma chérie, je te connais très bien. Je connais l'air embarrassé que tu as lorsque tu n'arrives pas à me raconter quelque chose, alors parle-moi, je suis tout ouïe.
- Mais avant, promets-moi de ne pas te fâcher.
- Promis !
Lorsque Nadia, l'air perturbé, finit de raconter à son époux tout ce qui lui était arrivé lors de ses dernières aventures nocturnes, elle sentit ses bras l'envelopper.
- Dieu soit loué, tu commences enfin à réaliser les dangers de « Second Word », mais sans ton penchant pour le risque, tu ne serais plus la femme que je connais ! lui dit-il tendrement. Moi, qui croyais savoir tout sur les ambitions du tourisme et de l'ethno-tourisme, je constate que le pire pourrait provenir du futur tourisme numérique.
- Tu as raison, d'autant plus que le côté « réel » de ce qui ne l'est pas fascine toujours les gens. Après la téléréalité devenue un véritable phénomène de société et les dérives qui s'en sont suivies, la réalité virtuelle pourrait atteindre des sommets plus affligeants encore.
- Pour le moment, la rentabilité des programmes de « Second Word » n'est pas très grande, car les rares

personnes qui y participent ne sont pas encore dans une situation de subordination, mais dès que les participants seront devenus accros et que leur nombre sera assez élevé pour assurer le succès du tourisme virtuel, on les manipulera sans le moindre scrupule.

Au moment où Nadia s'apprêtait à ajouter quelque parole, elle sentit la chaleur des lèvres de son époux sur les siennes. Elle comprit que l'heure n'était plus au pourquoi ni au comment. Tout en Adam et autour de lui était doux comme du velours. Le reste de la soirée fut entièrement délectable.

Le lendemain, sans projet de nouvelle métamorphose numérique, le matériel informatique de Nadia lui semblait d'une grande futilité. Complètement vain, il était là désespérément sous ses yeux. Pour éviter d'accentuer sa pénible période de désintoxication qui allait commencer, elle déménagea le tout dans la bibliothèque de son mari : loin des yeux, loin du cœur !

Le mystère de la bibliothèque

I

Au cours du déménagement, le chamboulement d'affaires ne concernait pas seulement celles de Nadia mais aussi celles de son mari, car il fallait faire de la place au milieu d'un nombre considérable de livres. C'était principalement des livres ordinaires de médecine et de littérature, mais aussi quelques trésors anciens qu'Adam avait reçus de feu son père, un éminent chimiste. En dépoussiérant la bibliothèque, Nadia tomba sur une traduction française d'un manuscrit du célèbre alchimiste Nicolas Flamel, où ce dernier présentait ses études de la matière et de ses transformations. La curiosité de chercheuse de Nadia la poussa à le lire, ou plus exactement à essayer de le lire. Le vieux grimoire était en langage codé, impossible à déchiffrer par le néophyte.

Adam raconta à sa femme que les circonstances dans lesquelles son père avait acquis ce livre aux « mots magiques » demeurèrent inconnues à toute sa famille. Mais tout le monde se doutait que cet homme de sciences avait également touché à l'alchimie dans le plus grand secret de sa cave. Son caractère illustre, animé de passions fortes, permettait une telle supposition.

Adorant l'intrigue et la fantaisie de cette histoire hors du commun, Nadia s'y attacha. L'idée de pouvoir toucher aux expérimentations druidiques d'un autre âge la séduisait énormément mais il lui fallait, avant tout, décoder le mystérieux livre.

La possibilité de se remettre à savourer l'indicible et à deviner le surnaturel, la mettait dans un état d'excitation incroyable. La découverte du vieux livre venait de stimuler de nouveau l'intérêt et l'ardeur au travail qui caractérisaient l'esprit de Nadia.

Nadia avait prévu de rendre visite à sa belle-mère dans le but de discuter avec elle au sujet des activités de son défunt mari, concernant l'alchimie. La veuve avait gardé toutes les affaires de ce dernier, jusqu'au moindre petit objet. Aimable comme elle l'était, elle ne vit pas d'inconvénient à ce que Nadia jetât un coup d'œil sur ces vieilles affaires qui n'intéressaient plus personne depuis une décennie au moins.

Ce n'était pas seulement un coup d'œil que Nadia comptait y jeter, mais un regard de désir prééminent, d'interrogation pressante, de curiosité scientifique et d'exigence philosophique. Ce jour-là qui était un samedi, la grand-mère reçut en fin d'après-midi la visite de Sami qui venait parfois passer le week-end chez elle. C'était le fils de la sœur aînée d'Adam, un gentil garçon de douze ans, doté d'un sens de curiosité bien développé comme la majorité des enfants de son âge.

Il accompagna volontiers sa tante dans ses recherches ce jour-là, et au cours des deux samedis suivants. En fin de compte, ils trouvèrent un vieux carnet sur lequel figurait « L'art de la transcription ». A l'intérieur, se trouvaient des pages et des pages concernant les méthodes à utiliser pour décrypter le langage de l'initié à l'alchimie, avec la promesse heureuse de lire le grimoire de Flamel à la clef. L'écriture laissait paraître l'application constante et la singulière manière d'expliquer les choses par des illustrations, du visionnaire enthousiaste qu'était le grand-père.

Cette trouvaille promettait de rendre Nadia à ses habitudes de chercheuse acharnée, et d'attirer Sami chez elle tous les week-ends. En effet, la jeune femme, qui depuis longtemps marchait aux frontières incertaines entre le réel et l'imaginaire, se remit au travail. L'expérience en valait la peine : détenir le secret de la pierre philosophale dont rêve tout alchimiste, n'était pas une mince affaire.

Après avoir passé une année à décoder les textes de Flamel qui l'intéressaient, et à déjouer les nombreux pièges que ces écrits recelaient en suivant la méthode de travail de son beau-père, Nadia pouvait enfin passer à la pratique. Toute fébrile de curiosité et d'impatience, elle démarra les expériences minutieuses.

L'esprit exalté de Nadia, captivé par l'inconnu et ses mystères, était encouragé par celui de son neveu qui ne manquait pas d'imagination non plus. Nadia expliqua à Sami que c'était la dimension spirituelle, philosophique de l'alchimie, qui suscitait son intérêt et la portait dans sa difficile visée. Contrairement à beaucoup d'autres personnes, son objectif n'était pas de réussir la transmutation des métaux vils en métaux nobles, mais plutôt celui de se projeter au-delà des limites ordinaires de la vie.

Elle croyait fermement que dans la nature il y avait des domaines inconnus, inexplorés, dans lesquels on ne pouvait pénétrer que grâce à notre imagination. Elle essayait d'enseigner à son neveu, malgré le jeune âge de celui-ci, que regarder sans imagination, revenait à renoncer à connaître l'exacte réalité, car observer dépendait d'abord de notre manière de le faire. Pour cela, elle postulait l'existence de deux types de réalités : la réalité en soi, inintelligible, et la réalité empirique, observable. Combien d'hommes ont vu tomber une pomme mûre d'un arbre sans pour autant en dégager la loi de la gravitation universelle !

Pendant des mois, elle ne cessait d'ajouter les ingrédients, un à un, au subtil mélange sans parvenir à ses fins. Mais avec son acharnement habituel - elle était à la fois physicienne, chimiste et philosophe - elle ne baissa pas les bras. Grâce à son cerveau multitâche, elle perçait, l'un après l'autre, les secrets de l'alchimiste. Au bout d'un certain temps, elle obtint deux produits chimiques : un fluide volatil et un résidu solide de couleur rouge. De ces deux substances très curieuses, ce fut la substance rouge qui attira le plus son attention ; elle l'avait sans doute jugée plus prometteuse.

Au cours de ses investigations où la substance mystérieuse semblait être en état d'évolution constante, elle pressentait qu'elle n'était pas loin d'atteindre la pierre philosophale. Elle avait vraiment le sentiment d'effleurer une véritable transformation des corps ou

« transmutation » selon le terme approprié. Pourtant, elle dut reconnaître avec amertume que ce petit pas qui lui restait à faire, était le plus dur de tous, car on ne peut percevoir la réalité que dans les limites de sa propre sensibilité.

En outre, elle était enceinte de six mois et le travail devenait de plus en plus épuisant physiquement, sans parler de tout ce que l'alchimie recelait de curiosité, d'obstination, d'imagination et de génie. C'était trop demander, même à une fervente chercheuse comme elle. Son besoin de repos et de relâchement de nerfs était implacable. Décidée d'en rester là, et sans conclure pour autant à la stupidité de la pierre rouge au secret impénétrable, elle la plaça soigneusement dans un creuset en porcelaine qu'elle rangea dans la bibliothèque.

Elle se mit alors à songer à l'offre de travail que venait de lui faire une compagnie danoise, spécialisée dans l'électronique. Pour la première fois depuis l'obtention de son diplôme, Nadia prêta attention à une offre de boulot. Jusqu'ici, elle refusait de se faire exploiter par les grandes entreprises actuelles dont le seul but était de faire le maximum de bénéfices en exigeant de leur personnel un travail monstre et une productivité de plus en plus grande, afin d'augmenter leur chiffre d'affaire et mieux revendre la société par la suite au plus offrant, en jetant tout ce petit monde à la rue.

Nadia disait que la devise de ces sociétés, représentées par un paquet d'actionnaires, ou plus exactement un panier de crabes, était : « Faites-nous gagner le plus d'argent possible et on vous promet de vous vendre bien cher et d'empocher l'argent ! »

Ce système de fonctionnement étant celui de toutes les sociétés qui avaient jusque là fait des offres de travail à Nadia, celle-ci refusait toujours. C'est pourquoi, elle fut ravie de la proposition des Danois dont la compagnie était bâtie sur d'autres bases, adoptées dans quelques pays nordiques et complètement atypiques en France. C'était en fait une sorte de grande coopérative dont les employés étaient également les propriétaires. Mais pour que personne ne fût tenté de vendre, le statut stipulait que tout départ d'un employé, même à la retraite, engendrait la vente de ses parts aux autres employés et à eux seuls. En outre, tous les trois ans, une élection était organisée au sein de l'entreprise pour élire le directeur général.

Le climat de paix et de confiance incomparable qui régnait au sein de cette compagnie, et qui n'avait d'égal que celui dans certains laboratoires de recherches universitaires, ne l'empêchait pas d'être mondialement performante. Ces Danois, des gens dont le sens moral n'avait pas été affecté par le mythe suprême de l'argent, venaient d'ouvrir une filiale à Paris et y proposaient un poste intéressant à Nadia. Celle-ci n'eut aucun mal à accueillir leur offre avec bonheur, et comptait s'engager avec eux après son accouchement.

II

Le soleil venait de se coucher, la forme de la nuit mûrissait dans le cycle des métamorphoses les plus insolites, livrant comme d'habitude la bibliothèque aux puissances du silence nocturne.
- Cher Rimbaud, comment allez-vous depuis notre rencontre d'hier ?
- Je vais bien mon cher Rilke. Vous voyez, comme promis, je suis fidèle à notre rendez-vous : il est tout juste minuit ! Mais dites-moi comment m'avez-vous connu ? J'ai du mal à imaginer qu'un poète comme vous, né à Prague en 1875 puisse me connaître.
- J'avais vingt ans lorsque vos poésies complètes ont été publiées, avec notamment *Le Dormeur du Val* et *Le Bateau ivre* qui m'ont éveillé à l'essentiel de la poésie. Pour la première fois, je sentis que la sensibilité des poèmes d'un poète autre que moi était curieusement en moi.
- Je vous avoue mon cher que lorsque je vous ai vu pour la première fois hier, votre apparence me déconcerta. Votre corps chétif, votre visage osseux et vos moustaches chinoises m'ont quelque peu surpris. Mais en vous écoutant en ce moment extraordinaire où la bibliothèque, notre modeste abri terrestre, baigne dans un climat de quiétude incomparable, je vous trouve convenable.

J'ai le sentiment que vous allez devenir mon compagnon de route et tant mieux si vous appréciez de marcher loin et longtemps.

- Certes, notre bibliothèque est modeste mais votre présence et votre rayonnement naturel en font un haut lieu de la poésie. Croyez-moi, mon cher Arthur si je vous dis que de tous les auteurs qui demeurent ici, vous êtes de loin mon préféré. A côté de votre esprit qui n'a rien de banal, votre audace et votre singularité me séduisent énormément. Peut-être que la majorité des personnes qui vous ont connu n'y voyait qu'une révolte ou un besoin de se distinguer des autres poètes, mais pas moi, je peux vous l'assurer.

- Vos propos me réconfortent, je sens qu'une puissance sympathique pourrait s'installer entre nous. Si nos rencontres se renouvellent chaque nuit, cela me permettra peut-être de vous livrer mes pensées les plus extravagantes et vous raconter mon histoire.

- Vous m'en voyez ravi, mon cher ami ! C'est une aubaine n'est-ce pas, de pouvoir revenir à la vie entre minuit et l'aurore. Tant que les propriétaires de la bibliothèque ne découvrent pas notre secret, nous n'avons rien à craindre.

- Rappelez-moi, mon cher Rilke, ce que cette femme a fait pour nous faire sortir de nos livres.

- En cherchant le moyen de prolonger la vie au-delà des limites ordinaires, elle a découvert, sans s'en rendre compte, le secret de nous faire sortir de nos livres.

- Mais dites-moi, mon cher ami, pourquoi nous ? D'où vient cette sélection ?
- J'allais y arriver, mon cher Rimbaud. Nadia a posé son creuset contenant la substance magique qu'elle vient de synthétiser, entre deux livres particuliers : *Une saison en enfer,* un de vos ouvrages, et *Lettres à un jeune poète,* l'un des miens. Il s'agit bien d'une expérience fantastique et nous sommes au centre de cette expérience mon cher.
- Maintenant je saisis, il y a eu interaction entre la substance magique et nous-mêmes par-delà les frontières du réel.
- Oui, nous pouvons dire que les pouvoirs surnaturels de cette substance mêlés à l'intensité de notre présence au sein de nos écrits, nous arrachent chaque nuit au silence et nous font bouger, regarder, entendre et parler jusqu'à l'aube.
- Mais dites-moi mon cher Rilke, connaissant mes poèmes, vous avez une longueur d'avance sur moi dans notre entretien. Et si vous me citiez quelques vers ?
- Avec plaisir :

Arrêtons-nous un peu, causons.
C'est encore moi, ce soir, qui m'arrête,
C'est encore vous qui m'écoutez.

Un peu plus tard d'autres joueront
Aux voisins sur la route
Sous ces beaux arbres que l'on se prête.

- Que pouvons-nous prétendre écouter de la voix d'un poète et de son épreuve personnelle ? ... A moins que nous n'inventions une troisième oreille, lieu d'une expérience partageable et inexorablement évolutive.
- D'accord mon cher Arthur, je me sens prêt à accueillir vos propos, à partager vos réflexions jusqu'à la naissance du jour.
- Lorsque les douze coups de minuit ont retenti hier, je parcourais mon poème *A la musique*, me rappelant certains souvenirs amers de ma jeunesse à travers les poèmes de mes seize ans. Si c'était à refaire, je nommerais ce poème *le mal de vivre à Charleville* :

Sur la place taillée en mesquines pelouses,
Square où tout est correct, les arbres et les fleurs,
Tous les bourgeois poussifs qu'étranglent les chaleurs
Portent les jeudis soirs, leurs bêtises jalouses
L'orchestre militaire, au milieu du jardin,
Balance ses schakos dans la Valse des fifres :
Autour, aux premiers rangs, parade le gandin ;
Le notaire pend à ses breloques à chiffres
Des rentiers à lorgnons soulignent tous les couacs :
Les gros bureaux bouffis traînent leurs grosses dames
Auprès desquelles vont, officieux cornacs,
Celles dont les volants ont des airs de réclames ; Sur les
bancs verts, des clubs d'épiciers retraités
Qui tisonnent le sable avec leur canne à pomme,
Fort sérieusement discutent les traités,

Puis prisent en argent, et reprennent : « En somme !... »
Epatant sur son banc les rondeurs de ses reins,
Un bourgeois à boutons clairs, bedaine flamande,
Savoure son Onnaing d'où le tabac par brins,
Déborde - vous savez c'est de la contrebande ;-
Le long des gazons verts ricanent les voyous ...

- Attention mon cher Arthur, le jour va se lever ! Dommage, je vous aurais volontiers écouté plus longtemps, confia Rilke. Mais c'est déjà l'heure de rentrer à pas feutrés dans notre bibliothèque, notre foyer d'isolement. L'heure de retourner à notre solitude compensatrice est arrivée.
- Oui mon cher Rilke, c'est de nouveau l'heure de la méditation impartageable. A minuit, notre prochain rendez-vous !
Ainsi chaque matin, la bibliothèque se replongeait dans le repos et l'inaction parfaite. Personne ne pouvait imaginer ce qui s'y passait au milieu de la nuit. Nadia et Adam couchant à l'étage, ils n'entendaient pas grand-chose depuis leur chambre. Il leur arrivait toutefois d'entendre quelques frémissements non identifiables, mais ils les attribuaient au bruit de la brise dans les branches d'arbres, le secret de nos amis les revenants était pour ainsi dire quasi impénétrable.

III

Minuit. En ce moment magique, la bibliothèque traversée par une multitude de voix intérieures, laissait enfin surgir des bruits de pas furtifs, des rires étouffés et des murmures. Ses hôtes de qualité, otages du silence toute la journée, pouvaient finalement profiter, à leur tour, de leur immortalité que l'histoire retient au fil des siècles et des générations.

- Mon cher Rilke, nous voici de nouveau réunis. Je ne sais pas comment vous le dire, mais pour la première fois je n'ai pas l'impression de m'ennuyer. Cette expérience est tellement hors du commun, hors du temps, hors de tout, que je n'éprouve nullement le besoin de repousser les limites autour de moi ou celui de larguer les amarres comme je l'ai fait de mon vivant.

- Vous m'en voyez ravi, mon cher Rimbaud. Je sais que vous vous êtes ingénié durant toute votre vie, à vous révolter contre la routine, à fuir la laideur et faire sauter les verrous de la poésie mais malgré notre envie commune d'améliorer *la réalité rageuse,* nous n'avions pas emprunté la même voie. Ecoutez ce que je dis dans *Lettres à un jeune poète* :

« Si votre quotidien vous paraît pauvre, ne l'accusez pas. Accusez-vous vous-même de ne pas être assez poète pour appeler à vous ses richesses. »

- Cette pensée, mon cher Rilke, vous ne l'auriez pas affirmée si comme moi, on vous avait volé votre cœur très tôt. Savez-vous que j'avais cessé d'écrire à vingt et un ans ? D'ailleurs à propos, heureusement que j'apparais aujourd'hui avec la physionomie de cet âge là, sans quoi ma vue vous aurait fait horreur !

- Ne dites pas cela. Votre vie, je l'ai étudiée de A à Z et rien de ce que vous étiez ne peut me faire horreur.

- Très jeune, j'étais assez en colère pour me révolter contre l'ordre social, pour critiquer et mépriser la bourgeoisie, mais pas assez fort pour m'en méfier ni m'en défaire. Quand on est jeune et pauvre, le génie ne fait pas vivre.

- Navré de vous avoir rappelé des souvenirs si amers, mais sachez mon cher ami que moi aussi j'ai eu mon lot de déceptions sentimentales. Sans ma culture obstinée du langage avec moi-même qui me sauvait de la réalité de la vie, sans avoir fait vœu de silence, je n'aurais pas échappé à l'enfer terrestre du bruit et de l'agitation.

- Quand le malheur rôde sous la forme d'un démon ou d'un animal féroce invisible, mieux vaut plonger au fond de l'inconnu à nos risques et périls. C'est tellement plus intelligent, n'est-ce pas mon cher ami ?

- La fameuse plongée dans les profondeurs que tout poète revendique… que serions-nous sans elle, mon cher Rimbaud ? Le principe en est le même, seuls les chemins qui y mènent diffèrent. Et si vous me disiez quelques vers du *Bateau ivre* pour démarrer notre virée nocturne ?

- D'accord, mais seulement quelques vers car je n'aimerais pas me faire surprendre par les premières lueurs de l'aube, comme la dernière fois :
La tempête a béni mes éveils maritimes.
Plus léger qu'un bouchon j'ai dansé sur les flots
Qu'on appelle rouleurs éternels de victimes,
Dix nuits, sans regretter l'œil niais des falots !
- Ce sont là des vers auxquels mon oreille est très sensible, encore un fragment indissociable de votre paysage intérieur qui me touche et m'interpelle. Pardonnez-moi, mon cher ami, si j'ose vous avouer que ces vers tirent leur résonance en mon cœur d'un pressentiment insolite que j'ai, celui de les avoir moi-même écrits, mais dans une vie parallèle. Écoutez donc ceux-là :
Combien de ports pourtant, et dans ces ports
Combien de portes, t'accueillant peut-être.
Combien de fenêtres
D'où l'on voit ta vie et ton effort.

Combien de grains ailés de l'avenir
Qui, transportés au gré de la tempête,
Un tendre jour de fête
Verront leur floraison t'appartenir.

Combien de vies qui toujours se répondent ;
Et par l'essor que prend ta propre vie
En étant de ce monde,
Quel gros néant à jamais compromis.

Comme vous, l'idée principale de ma poésie peut être résumée dans : *Ainsi la vie n'est que le rêve d'un rêve, mais l'état de veille est ailleurs.*
- Mon cher Rilke, vous venez de me donner une idée bien claire sur votre personne. Je viens de m'apercevoir à l'instant que votre regard peut s'illuminer et transformer votre air mélancolique en une véritable exaltation lyrique. Je sens que nous allons bien nous entendre.
Il est certain que les deux poètes auraient désiré échanger des vers encore et encore, mais ce fut pour eux le moment de se retirer. La promesse dorée du matin venait de renaître. L'aube suspendit l'ambiance poétique et la réflexion esthétique des deux hommes. En se souriant mutuellement avec une grande amabilité, ils se donnèrent rendez-vous pour le prochain minuit puis, s'éloignèrent à tire d'aile avec la nuit qui se dérobait sans faire de bruit.

IV

C'était vendredi. Le soir, Sami vint passer le week-end chez son oncle, comme il avait l'habitude de faire.
- J'ai rassemblé tout ce que j'ai pu au sujet des énergies renouvelables, comme tu me l'as demandé. Pour préparer ton exposé, il ne te reste qu'à jeter un coup d'œil rapide sur les deux articles que j'ai mis de côté pour toi dans la bibliothèque. N'hésite pas à m'appeler si tu as encore besoin de moi ! dit Nadia à son neveu.
- Merci ma tante, mais nous venons seulement de sortir de table. J'ai encore du temps et j'ai envie d'installer un nouveau jeu sur ma console avant de me mettre au boulot, répliqua Sami.
- D'accord, mais à condition de ne pas rester réveillé jusqu'à minuit comme la dernière fois. Entre tes Pokémons, tes Méga-men et bien d'autres, tu perds complètement la notion du temps, remarqua Adam.
Sami avait l'habitude de profiter de son escapade chez son oncle pour braver certaines règles que ses parents lui imposaient. La tentation de veiller jusqu'à des heures extrêmement tardives était très forte et même pour ainsi dire insurmontable. Vers onze heures du soir, il acheva son jeu et mit enfin la tête dans les articles que Nadia lui avait recommandés. Il resta quelque temps dans son immobile position de lecteur, puis se leva et alla vers l'étagère de la bibliothèque où était posé le creuset avec la pierre magique. Ce dernier venait d'attirer l'attention

du garçon qui le considéra avec curiosité un instant avant d'avancer la main pour le saisir. A cet instant précis, une lumière rougeâtre illumina soudainement le creuset et l'enfant sauta en arrière.

Minuit. La lumière colora le visage de Sami d'un éclat fantastique, ce qui ne l'empêcha pas de voir des formes étranges se dessiner dans l'atmosphère et finir par former deux silhouettes d'homme. Mort de peur, l'enfant s'écarta très rapidement du halo pourpre et s'abrita derrière un fauteuil, d'où il pouvait voir sans être vu.

- Comment allez-vous aujourd'hui mon cher Rilke ?

- Bien, je vous remercie mon cher Rimbaud, j'attendais notre rendez-vous avec impatience. Pourrions-nous reprendre nos échanges verbaux là où nous les avions laissés ?

- Bien sûr mon cher ami. Durant la dernière période de ma vie en exil sans poésie, le rythme, la musique et l'harmonie des vers me manquaient terriblement. Je vous suis reconnaissant de m'avoir rappelé le charme de ma jeunesse poétique, sa vigueur et son intelligence. Tout ceci me met de bonne humeur.

- Personnellement, ce que je préfère dans nos conversations, c'est la possibilité de trouver, l'un chez l'autre, l'écho de nos propres attentes, au-delà de toutes nos différences.

- Certes dans de telles conditions fantastiques, notre faculté de communiquer engendre la sensibilité clairvoyante des revenants que nous sommes…

A cet instant Sami, qui avait un peu récupéré du choc premier, entendit le terme de revenant et plongea à nouveau dans la peur. Son trouble redoubla d'intensité. Livré à la nuit et ses fantômes, il se mit à trembler de tous ses membres comme dans un accès de fièvre. Il eut beau constater leur bonne tête et leurs bonnes manières de gentleman - Rimbaud avait le regard expressif et le sourire à la fois grave et jeune, et Rilke une légère apparence d'abandon dans sa stature haute et frêle - les deux hommes habillés en vêtements d'époque ne lui inspiraient pas confiance. L'angoisse produisait sur son imagination une désagréable sensation d'effroi. Il continua à les observer et les écouter en se disant qu'il ne devait sous aucun prétexte sortir de sa cachette. Leurs propos ne cessaient de le subjuguer. Il frémissait et se décrispait tour à tour en les écoutant parler.
- Mieux que personne, le revenant savoure la poésie d'autant plus qu'il se sait être le fruit d'une expérience invraisemblable qui le plonge dans un destin ardent, d'une dynamique de la vie au sein même de la mort. Mon cher Rilke, moi qui ai toujours revendiqué l'ivresse de l'inconnu et le refus de la monotonie, je me sens mieux que dans le plus insolite de mes rêves de jeunesse. Mais revenons maintenant à nos propos, je voudrais que nous nous laissions aller à un échange de vers entre nous comme dans un jeu. Je suis d'humeur vagabonde ce soir :
Je m'en allais, les mains dans les poches crevées ;
Mon paletot aussi devenait idéal ;
J'allais sous le ciel, Muse ! Et j'étais ton féal ;
Oh ! Là ! Là ! Que d'amours splendides j'ai rêvées !

- D'accord, mon cher Rimbaud :
Chantons ce qui nous quitte
Avec amour et art ;
Soyons plus vite
Que le rapide départ.
Rimbaud
Les pieds dans les glaïeuls, il dort. Souriant comme
Souriait un enfant malade, il fait un somme :
Nature, berce-le chaudement : il a froid.
Rilke
Comme une offrande levée
Vers d'accueillantes mains :
Beau pays achevé,
Chaud comme le pain !
Rimbaud
J'ai vu des archipels sidéraux ! et des îles
Dont les cieux délirants sont ouverts au vogueur :
- Est-ce en ces nuits sans fonds que tu dors, et t'exiles,
Million d'oiseaux d'or, ô future Vigueur ?
Rilke
C'est comme si dans l'univers
Une force élémentaire
Redevenait la mère
De tout amour qui se perd.

A cet instant, à force de retenir sa respiration saccadée et d'avaler avec peine sa salive, Sami eut une toux nerveuse dont le bruit pointa instantanément au creux de l'oreille des deux poètes.

Ils manifestèrent une grande surprise et s'arrêtèrent de parler afin de mieux entendre les toussotements qui se multipliaient de plus en plus. Lorsque Sami sortit de sa cachette, ils comprirent très vite qu'une approche inouïe de la vie réelle s'offrait à eux.
- N'ayez pas peur mon enfant, nous ne vous voulons aucun mal. Nous ne sommes que de simples images, des apparitions sans existence réelle et sans le moindre pouvoir sur votre monde. Puisque le hasard vous a mit sur notre chemin, essayons ensemble de passer un moment agréable avant que l'aube, heure de notre disparition, n'arrive ! se hâta de dire Rilke. Je fais les présentations, lui, c'est Arthur Rimbaud, un poète qui vécut entre 1854 et 1891, et moi je me nomme Rainer Maria Rilke, et j'ai vécu entre 1875 et 1926. Maintenant, c'est à vous de nous dire qui vous êtes mon jeune ami, et en quelle année nous sommes.
Sami ne souffla mot, il ne répondit pas aux questions qu'on venait de lui poser. Il tendit le bras et essaya de toucher Rilke qui s'était approché de lui, mais sa main traversa ce dernier de part en part. Il fit encore quelques mouvements de bras au travers du corps du poète avant d'affirmer :
- Mais ma parole, vous êtes des fantômes !
- De gentils fantômes, répliqua en souriant Rimbaud, puis il dit à Sami sur un ton très particulier, fait de gravité et d'une nonchalante douceur : Vous ne pouvez pas nous

toucher certes, mais vous pouvez nous voir et nous entendre, ce n'est pas mal, n'est-ce pas ?
- Bon, d'accord allons-y sans peur ! Je m'appelle Sami, j'ai douze ans et nous sommes en 2007.
- 2007, intéressant, jeune homme ! Le troisième millénaire, voilà un temps que j'aurais aimé connaître, dit Rilke.
- Dites-nous, fit Rimbaud, est-ce que la littérature s'est épanouie comme nous l'espérions ? Est-ce que la poésie s'est modernisée ? Est-ce qu'elle a suivi le chemin de la liberté que je lui préconisais pour décrire aussi bien les états de la conscience que ceux de l'inconscience ?
- Excusez-moi Monsieur, mais de nos jours on ne lit pas beaucoup la poésie. A part quelques poèmes que j'ai appris à l'école, je ne connais rien à ce sujet, je ne peux vraiment pas vous répondre.
- Ah ! Alors parlez-nous des inventions qui témoignent du progrès et de l'intelligence de l'homme contemporain, …tout ce qui fait votre quotidien et que nous n'avions pas à l'époque.
- Il y a tellement à dire que je ne sais pas par où commencer.
- Commencez mon jeune ami, par les choses que vous préférez, celles qui vous donnent du plaisir, ou bien celles plus ordinaires que vous utilisez pour mener votre vie quotidienne, expliqua Rilke, essayant de rendre les questions de Rimbaud plus claires aux yeux du jeune garçon.

- Faites attention, les premières lueurs de l'aube commencent à apparaître. Cela m'étonnerait que nous ayons le temps de vous écouter plus longtemps, car voyez-vous mon jeune ami, notre visite à votre monde débute à minuit et se termine à l'aube, hélas ! Mais si vous voulez bien être aimable et reprendre cette conversation avec nous, rendez-vous à minuit. Ah ! Ne touchez pas au creuset, sinon, vous ne nous verrez plus jamais. Et une dernière chose : n'en dites rien à personne, pas même à cette chère Nadia.
Rimbaud eut juste le temps de prononcer ces paroles, puis les deux hôtes de la bibliothèque disparurent sur le champ.
Sur le coup, Sami ne pouvait pas s'empêcher de s'approcher du creuset pour le contempler de près. La lumière s'était complètement éteinte et la source qui l'émettait ressemblait maintenant à une banale pierre de couleur rouge. Il réfléchit quelques minutes puis se résigna à y toucher. Il se dit que ça serait idiot de sa part d'entraver l'expérience fantastique à laquelle il venait d'assister. A peine se rendit-il compte que son corps était engourdi et ses paupières trop lourdes, qu'il tomba endormi dans un fauteuil.
Vers neuf heures du matin, Adam qui venait de se lever, chercha en vain son neveu dans la chambre où il aurait dû dormir. Il jeta ensuite un coup d'œil dans la salle de bain, dans la cuisine, puis dans la bibliothèque où il finit par le trouver endormi comme une souche.

Attendri par le joli tableau, il n'osa pas réveiller le jeune garçon. Il retourna, sans plus tarder, à ses tâches habituelles.

Midi. Après un réveil nonchalant, Sami se leva avec le souvenir des événements de la veille qui flottait dans sa tête comme un rêve. Au bout de quelques minutes, une joie toute neuve et un bien-être inconnu l'envahissaient de la tête aux pieds : il se rappelait tout. C'était maintenant comme si la bibliothèque avait une âme, un visage et une voix, ou plutôt deux de chaque !

Pendant tout le temps qu'il lui restait à écouler avant son rendez-vous magique avec les étranges hôtes de la bibliothèque, Sami devait se trouver des occupations capables de calmer ses sens impatients. Toute une journée à passer, cela lui semblait extrêmement long. Lui, qui ne connaissait pratiquement pas la patience, il lui fallait non seulement la découvrir mais aussi la pratiquer. Il commença une série de tâches dont la réalisation de son exposé d'ailleurs, mais il continuait à regarder sa montre tous les quarts d'heure.

Il ne devait guère s'être écoulé plus d'une heure lorsqu'il entendit le bruit des clefs de son oncle et de sa tante qui revenaient à la maison après avoir fait leur marché. Ces derniers lui demandèrent de leur donner un coup de main dans la préparation du repas.

Plus tard dans la soirée, Sami demanda à son oncle s'il avait des livres ou des articles sur la poésie contemporaine, prétextant un devoir d'école sur le sujet.

En effet, ce dernier possédait dans sa bibliothèque un classique nommé *Anthologie de la poésie moderne* et un autre ouvrage intitulé *Poètes d'aujourd'hui*.

Sami se pencha sur les livres de son oncle avec beaucoup d'enthousiasme pour être à la hauteur de l'aventure extraordinaire qui s'était ouverte secrètement à lui et rien qu'à lui. Ce fut dans cet esprit qu'il passa des heures et des heures le nez plongé dans un monde nouveau : celui des poètes. L'exercice n'était pas facile, mais il entendait bien ne pas se laisser décourager.

Au bout d'un certain temps, ne pouvant pas saisir grand-chose de ces ouvrages à cause de son jeune âge et du manque de temps, le garçon essaya simplement de relever les différentes thématiques selon lesquelles les anthologistes avaient regroupé les poèmes. Il les nota sur son cahier avec grand soin et se dit qu'après tout s'ils le désiraient, les mystérieux hôtes de la bibliothèque, pourraient jeter eux-mêmes un coup d'œil dans ces livres. Pour rester éveillé jusqu'à minuit, Sami commença à regarder un film d'action sur son lecteur de DVD portable. Aux aguets, il s'efforçait de garder les yeux grands ouverts comme un petit animal inquiet, pas question de se laisser glisser vers le sommeil qui pourtant était trop proche.

A minuit, les poètes trouvèrent Sami dans les bras de Morphée, mais à peine commençaient-ils à se parler que ce dernier se réveilla en sursaut.

- Doucement mon jeune ami, n'ayez crainte ! lui dit Rilke.
- Vous êtes déjà revenus. Zut ! je me suis assoupi.
- Zut, en voilà un mot qui m'amusait bien. *Zut alors si le soleil quitte ces bords !* répliqua Rimbaud d'un air enjoué.
- Tenez, jetez un coup d'œil sur mon cahier, j'y ai marqué quelques renseignements sur les poètes d'aujourd'hui :
Principales thématiques de la poésie contemporaine :
- L'histoire et la vie quotidienne
- L'humour et la révolte
- La nature et le sentiment cosmique
- La fantaisie, le rêve et le voyage
- Le langage, le savoir, l'approche de l'être
- La métaphysique et la spiritualité.
- Ce n'est pas mal du tout ! Ces thèmes témoignent d'une grande richesse et d'une liberté incontestable. Vous m'en voyez ravi mon jeune ami, je suis rassuré pour la poésie, ses jours ne sont pas en danger, attesta Rilke.
- J'aurais aimé avoir sous la main quelques poèmes d'aujourd'hui pour y découvrir le timbre de la voix, le rythme, le langage des poètes de votre temps, dit Rimbaud, déçu.
- Vous pouvez le faire Monsieur, car j'ai ici deux ouvrages sur la poésie que mon oncle m'a prêtés. Les voici, jugez donc par vous-même !
Rimbaud se saisit très rapidement des livres et commença aussitôt à lire.

Au bout d'un certain temps, il était satisfait. Il y avait dedans assez de dynamique du rêve, d'ivresse de l'inconnu, d'imagination portative, de dénonciation, de révolte et surtout de liberté, ce qu'il fit remarquer à Rilke avant de lui tendre les écrits.
- Tenez mon cher ami, jetez-y un coup d'œil vous aussi ! J'ai toujours dit que les seules règles devaient être celles que le poète s'imposait à lui-même et je vois que les poètes d'aujourd'hui y sont parvenus. Je ne me suis pas battu pour rien.
Pendant que Rilke parcourait enthousiaste les pages des ouvrages, Sami écoutait attentivement les deux hommes discuter. Un moment après, il les entendit parler de leurs voyages, de leurs expéditions lointaines, alors il n'hésita pas à leur demander :
- Savez-vous que nous disposons de moyens de transport extrêmement rapides actuellement ? Par exemple le train de votre temps, il faisait le trajet Paris - Strasbourg en combien d'heures ?
- En dix heures, répondirent simultanément les deux hommes.
- Eh bien maintenant, ce qu'on appelle le TGV, le train à grande vitesse ne met plus que deux heures et demie pour effectuer ce trajet.
- Fabuleux ! Je n'aurais jamais imaginé un transport aussi rapide, c'est un sacré progrès, mon jeune ami, dit d'un air admirateur Rimbaud.

- Mais Messieurs, il y a beaucoup plus rapide que les trains maintenant : les avions permettent de voyager par la voie des airs et d'aller dans les endroits les plus éloignés du monde.
- Enfin le transport aérien, quelle preuve de génie ! A l'époque, tout ce qu'il y avait c'était quelques aéroplanes ressemblant à d'énormes oiseaux qui volaient si bas qu'ils nous faisaient peur. J'avais entendu parler de l'exploit de Roland Garros qui avait réussi à traverser la Méditerranée en monoplan. Cela m'intrigue énormément, dites-nous-en davantage ! demanda Rilke.
- Maintenant, les avions ordinaires peuvent atteindre des vitesses entre huit cents et neuf cents kilomètres par heure, et les avions militaires vont nettement plus vite. Il y a aussi les fusées et les navettes spatiales qui ont permis à l'homme de marcher sur la lune et d'étudier les planètes, les étoiles et tout ce qu'il y a dans l'espace. Actuellement, et au bout de cinquante ans de conquêtes spatiales, on multiplie les missions dans l'espace à la recherche d'autres planètes telluriques. Il y a même une station spatiale habitable avec des gens dedans et qui maintenant se permettent de recevoir des visiteurs de luxe, moyennant une très grande somme d'argent.
- Extraordinaire ! répétait Rilke, osant à peine interrompre Sami.
- Vraiment fabuleux ! confirmait Rimbaud en incitant le garçon à continuer.

- Et les satellites, des engins envoyés dans l'espace et installés sur orbite pour faciliter les télécommunications auditives et visuelles dans le monde. Mais en fait, je vous parle des satellites, mais vous ne connaissez même pas la télévision, n'est-ce pas ?
- La télévision, qu'est-ce donc, un autre engin volant ?
- Non cet objet ne vole pas, ce n'est pas un moyen de transport, et en plus nous l'avons sous la main. Venez par ici ! Sami emmena aussitôt les deux hôtes dans un coin de la bibliothèque et leur alluma une petite télévision. Il prit garde de baisser le son pour éviter de réveiller sa tante et son oncle.
Les deux hommes, ébahis, osèrent à peine s'approcher de la télé. Sami leur montra aussi la télécommande et leur expliqua que l'on pouvait capter des chaînes dans le monde entier, parlant une multitude de langues et permettant parfois d'y suivre des événements en direct.
- Mon jeune ami, l'homme d'aujourd'hui me semble être d'une grande intelligence, d'une dextérité certaine. Que d'inventions, que d'avancées ! Peut-être pourriez-vous me montrer grâce à votre machine Prague ? J'aimerais bien voir à quoi ressemble maintenant ma ville natale, demanda Rilke.
- Oui Monsieur, pour la voir, il suffit que je cherche les numéros de chaînes qui lui correspondent en consultant le menu, fit Sami en appuyant plusieurs fois sur les boutons de sa télécommande.

- Voilà, c'est Prague. Mais à cette heure tardive de la nuit, nous n'aurons pas de programmes en direct.
- Peu importe mon jeune ami ! dit Rilke, extrêmement ému.
A cet instant, l'aube arriva sans prévenir, ni Sami, ni les deux hommes ne virent le temps passer. Les poètes disparurent sur le champ, ils n'eurent même pas le temps de se saluer, ni de se redonner rendez-vous. Sami fut d'abord surpris, puis il se rappela que c'était le moment habituel de leur départ. Il éteignit la télévision et la lumière, puis alla se coucher.

V

Dix heures. Le couple se leva sans se presser, comme il avait l'habitude de faire le dimanche. Le silence absolu dans la maison leur indiqua que Sami dormait encore. Au fil des années, à l'affection que Nadia éprouvait pour son neveu, vint s'ajouter un attachement comparable à celui qu'elle aurait à l'égard de son propre fils. Mais la complicité qui occupait une place maîtresse dans leur relation risquait de recevoir un coup à cause des événements survenus au cours des derniers jours et que le garçon lui cachait volontairement. A cause des cachotteries de son neveu, Nadia demeurait en dehors de sa propre expérience, peut-être n'allait-elle jamais savourer son succès !

Tout, en cette belle journée de dimanche, reposait sur la décision de Sami, allait-il ou non mettre sa tante dans la confidence ? Après tout, les mystérieux hôtes de la bibliothèque étaient retournés cette fois-ci dans leur monde parallèle sans lui soutirer la moindre promesse. En effet, la question préoccupa le garçon et ne le lâcha plus de toute la journée.

En fin d'après-midi, Nadia l'invita à regarder l'une de ses expériences en cours, elle pratiqua des mesures devant lui et entra les résultats dans son ordinateur comme d'habitude. Sami se disait dans son for intérieur que détenir le secret de faire surgir des personnes du royaume des morts, au-delà des limites de l'intelligence humaine ordinaire, relevait de l'incroyable, et qu'un tel phénomène singulier n'arrivait peut-être qu'une fois dans la vie d'un chercheur.

Malgré son jeune âge, il se doutait bien qu'un tel exploit dut nécessiter des jours et des nuits de travail acharné, sans compter les connaissances scientifiques et les considérations philosophiques qui s'ensuivaient. En outre, il savait que la transition de la chimie vers l'alchimie n'était pas à la portée du premier chercheur venu.

Lorsque la nuit arriva, Sami était parfaitement persuadé du devoir de tout avouer à sa tante. Entre la solution de décevoir les revenants et celle de décevoir Nadia, la première fut l'objet de son choix. Il lui raconta de manière assez détaillée tout ce qu'il savait sur la découverte magique qui l'avait d'abord fait tressaillir, confondu, subjugué, puis complètement séduit.

Pour la première fois de sa vie, Nadia se sentit comme une miraculée : elle avait réussi. Un sentiment d'extase mêlé à une envie de danser s'empara d'elle. Lorsqu'elle s'approcha de son creuset fantastique pour s'en saisir, Sami lui cria qu'elle ne devait pas y toucher, on ne sait jamais ! Le résultat qui était au-dessus de toutes leurs espérances, méritait d'être préservé. Nadia s'écriait avec chaleur et impatience :

- Je le tiens ! Je le tiens enfin, je le tiens !

Elle parlait sans doute du secret de la pierre philosophale dont rêve tout alchimiste digne de ce nom.

Au bout de quelques heures d'excitation vigoureuse, elle retrouva peu à peu son calme et s'installa confortablement dans son fauteuil de lecture. La perspective de l'apparition de ses hôtes à minuit lui semblait encore incroyable. En attendant, elle se mit à contempler les livres de sa bibliothèque de manière différente. Immobiles en apparence, ils abritaient des joies, des peines, des naissances, des meurtres, des succès, des drames,... : la vie et la mort.

Il n'était pas rare qu'elle restât réveillée depuis qu'elle était enceinte. Ses insomnies étaient, pour ainsi dire, fréquentes, et Adam n'y faisait plus vraiment attention. Cette fois-ci, Sami resta réveillé, lui aussi. De temps en temps, il se grattait les paupières ou s'étirait en bâillant, mais la vue de sa tante heureuse, lui communiquait une grande joie : il en oublia son envie de dormir.

A minuit, une lumière pourpre envahit brusquement le creuset magique et Nadia, qui s'était installée dans son fauteuil, se releva d'une secousse et se mit à l'affût de mouvements, de bruits ou d'images, aussi minimes fussent-ils. Elle regardait, bouche bée, se dessiner dans l'atmosphère deux silhouettes d'homme qui finirent par lui paraître parfaitement réelles. Elle ne bougeait plus, un filet d'eau glissait sur son visage comme s'il faisait quarante degrés dans la bibliothèque.

- Mon cher Rimbaud, je vous salue ! Nous voici de nouveau réunis, je me demande si notre jeune ami sera encore au rendez-vous ce soir.

- Regardez derrière vous, mon cher Rilke ! Notre ami est bien ici, accompagné d'une autre personne.
- Madame, j'espère que notre rencontre ne vous ennuiera pas beaucoup. Je me nomme Arthur Rimbaud et voici mon ami Rainer Maria Rilke. Mais ça, je suppose que votre neveu vous l'a déjà dit. Alors dites-nous Madame, quel effet ça fait de se plonger dans le surnaturel, de caresser de si près le rêve de toute personne qui s'aventure au-delà du rationnel, d'arriver enfin aux rivages du fantastique ?
- Troublant mais merveilleux ! Absolument merveilleux ! En réalité, ce n'est pas la première fois que je découvre un couloir entre le monde du réel et celui de l'invraisemblable, mais c'était toujours moi qui empruntais ces passages. Repousser les limites assignées par l'espace-temps commun à d'autres personnes que moi-même ne m'était encore jamais arrivé.
- Réjouissez-vous chère Madame, et à juste titre, nous vous devons notre retour magique à la vie et tout ce que nous avons appris depuis, vous êtes génial, affirma Rilke avec beaucoup de sympathie.
- Je suis également fasciné par les esprits exaltés qui ne manquent pas d'imagination, captivés par le mystère, comme le vôtre, chère Madame, ajouta Rimbaud qui d'ordinaire n'avait pas le compliment facile.
- Je vous remercie, Messieurs, et vous avoue que les compliments m'ont toujours mise mal à l'aise.

Sachez seulement que mon émotion ce soir est immense, mais ce serait trop long à expliquer. Parlons d'autres choses, voulez-vous ?

- Dites-nous au moins, ma chère, ce que vous a coûté de travail et de persévérance la création de ce frisson magique de la vie dans la mort qui nous permet de revivre, dit Rilke.

- Oui, dites-le nous ! Comme je l'ai mentionné dans ma lettre du Voyant : *" Quand sera brisé l'infini servage de la femme, quand elle vivra pour elle et par elle, l'homme, jusqu'ici abominable, - lui ayant donné son renvoi, elle sera poète, elle aussi ! La femme trouvera de l'inconnu ! Ses mondes d'idées différents-ils des nôtres ?- Elle trouvera des choses étranges, insondables, repoussantes, délicieuses ; nous les prendrons, nous les comprendrons "*, je n'ai jamais douté des capacités de la femme. Mais à l'époque, il fallait se faire Voyant pour admettre qu'elle aura un brillant avenir, répliqua Rimbaud.

- Ma tante est trop modeste, elle n'aime pas parler de ses travaux, mais dans la famille tout le monde sait qu'elle est dotée d'une intelligence supérieure. Il y a trois ans, elle a inventé un écran holographique à cristaux liquides qui se vend, avec succès, dans le monde entier. Si vous voyiez son laboratoire, il est doté d'un grand nombre d'instruments étranges…

- Mon neveu exagère, j'ai juste tendance à tester les grandes énigmes de la science, mais l'origine et le développement de mes idées sont l'affaire de l'être humain avant d'être celle de la scientifique. J'ai toujours essayé de distinguer les propriétés des lois scientifiques de celles du monde dont elles prétendent rendre compte. Aucun physicien qui étudierait le cerveau d'un grand musicien ne serait capable de prédire sa symphonie d'une manière détaillée, tout juste peut-il en donner une approximation, dit Nadia avant de jeter un coup d'œil à sa montre, il était deux heures du matin. Elle ordonna à Sami d'aller au lit en lui rappelant qu'il devait se réveiller tôt pour aller à l'école comme chaque lundi. Le garçon prit congé de l'assistance et alla se coucher à contre cœur.

- A propos d'objets étranges et sophistiqués, nous en avons vu quelques-uns grâce à votre neveu, ce qui nous a permis de nous rendre compte de l'ampleur des progrès que vous et vos contemporains avez réalisés dans plusieurs domaines, reprit Rilke.

- Chaque invention, chaque record, a le mérite d'avoir poussé les hommes à se surpasser, mais chaque progrès a un prix. A toute époque, les progrès de l'homme sont aussi extraordinaires qu'effrayants. L'impensable prolifère toujours dans les ténèbres et ce n'est pas à vous, Messieurs, que je vais apprendre cela, répliqua Nadia.

- Vous me rappelez un vieux proverbe qui dit : « Être *homme est facile, le rester est difficile »* affirma Rimbaud.

- Actuellement, ce qu'il y a de plus puissant dans notre monde, c'est ce qui profite de tout et qui soumet tout. Sami est trop jeune, il ne vous a rien dit sur les relations destructrices de l'homme avec son environnement. A cause des fortes émissions de gaz dans l'atmosphère, générées notamment par l'activité industrielle et les moyens de transport, un réchauffement climatique très inquiétant se fait de plus en plus ressentir, provoquant des catastrophes naturelles de toutes sortes. Dans certaines régions du monde, ce sont les pluies diluviennes, les inondations, les typhons et les cyclones qui sévissent, et dans d'autres régions, la fonte des glaciers ou encore la sécheresse et la désertification, expliqua Nadia.
- Je me doutais bien que ce progrès devait avoir une face cachée, mais j'avais souhaité qu'elle fût moins effrayante. Pourquoi diable est-ce que l'homme s'ingénie à faire de grandes avancées dans tous les domaines sauf dans celui du cœur ? Développer l'ouverture de son cœur relèverait-il de l'impossible ? répliqua Rimbaud.
- Il est vrai que des hommes de tous horizons tentent d'apporter des solutions pour prévenir les catastrophes à venir et éviter le pire, mais ils sont peu nombreux comparés à tous ceux qui s'en moquent totalement, fit remarquer Nadia.
- La question de la capacité de l'homme à vivre en harmonie avec lui-même et avec son environnement, se pose depuis toujours.

C'est une question éternelle qui se posait et s'imposait déjà chez les anciens, bien avant notre ère, dit Rilke.
- Oui, mais devant la complexité et la rapidité des transformations du monde actuel, la tâche de l'homme est encore plus difficile, les morales et les philosophies doivent évoluer pour ne pas se laisser dépasser par les systèmes de valeur modernes. Prenons par exemple l'explosion des techniques informatiques après l'invention de l'ordinateur…
- L'ordinateur, qu'est-ce donc ? demanda Rimbaud.
- C'est une machine qui fut tout d'abord utilisée pour le calcul, puis pour ses capacités d'organisation et de stockage de l'information, répondit Nadia.
- En somme, c'est une machine à calculer comme la *Pascaline*, la machine à calculer inventée par Pasteur, mais en plus moderne, n'est-ce pas ? demanda Rimbaud.
- De mon temps déjà, on avait inventé plusieurs autres machines qui permirent d'augmenter la vitesse de calcul de manière considérable, comme le *comptometer*, et j'imagine que l'on a continué à les améliorer, répliqua Rilke.
- En effet, l'ordinateur a été à l'origine utilisé pour le calcul, mais tout de suite après, pour ses possibilités d'organisation de l'information. En 1980, une étude a montré que sans les ordinateurs, il faudrait toute la population française juste pour effectuer le seul travail des banques. L'invention de l'ordinateur a permis un développement considérable dans tous les domaines.

Quatre-vingt-dix pour cent des découvertes scientifiques et techniques ont été réalisées durant les cinquante dernières années.

- Nous n'allons pas vous demander de nous parler de toutes ces techniques car nous risquons de ne rien y comprendre, mais n'y a-t-il pas un domaine où la révolution du troisième millénaire serait accessible à la fois à l'esprit de l'homme des Sciences qu'à celui des Lettres ? demanda Rimbaud.

- Oui certainement ... laissez-moi réfléchir... une invention qui concerne tout le monde ... Internet ! Le réseau informatique mondial qui permet à des millions d'individus qu'on appelle les internautes de communiquer et d'échanger des données de toutes sortes : des images, des écrits ou des sons, par le biais de leur ordinateur et quelques équipements informatiques.

En disant cela, Nadia se souvint de ses aventures dans le monde virtuel des Avatars, mais elle se dépêcha d'étouffer ce souvenir.

Elle n'en dit rien à ses hôtes. D'ailleurs, il lui était déjà assez compliqué de leur expliquer toutes les transformations du monde réel actuel.

- C'est fabuleux ! Ce n'est plus à l'homme de se déplacer pour conquérir le monde, le monde vient à lui. Passer de l'homme itinérant au monde itinérant, l'idée me semble prodigieuse. Et vous, est-ce que vous faites partie de ces internautes, comme vous les appelez ? demanda Rimbaud.

- Oui, grâce aux différentes applications d'Internet, je peux consulter pour mon travail ou pour les loisirs différents sites qui sont en fait des liens mis en ligne par des particuliers ou des organismes. Je dispose également d'une boîte électronique qui me sert à échanger un courrier régulier avec les personnes de mon choix, comme les lettres que vous écriviez vous-mêmes, mais beaucoup plus rapide.
- Ah ! Chère Madame, cela m'aurait bien plu, moi qui aimais l'exercice singulier de la correspondance. Les Lettres constituaient pour moi une forme importante de l'écriture, confia Rilke.
- Je le sais bien Monsieur, car ce sont bien vos lettres à Franz Kappus, publiées après votre décès, qui vous ont fait connaître partout dans le monde. Qui ne connaît pas *Lettres à un jeune poète* !
Sur ces paroles de Nadia, les premières lueurs du lever du soleil se firent sentir au sein de la bibliothèque, et d'un seul coup les deux hôtes disparurent sans crier gare. Nadia fut surprise au début, puis elle s'en alla dormir, plus confiante, en se disant que pour les revoir, elle n'avait qu'à attendre leur prochaine apparition à minuit.

VI

Le matin vers sept heures, Adam se leva, puis réveilla son neveu. Sami eut juste le temps de se préparer avant d'aller à l'école. Son oncle ne le quitta presque pas, ce qui l'empêcha d'évoquer l'aventure de la veille avec sa tante. Toutefois, avant de s'en aller, il lui demanda discrètement :
- Est-ce que tu pourrais demander à mes parents de me laisser revenir chez vous cette nuit encore ? Attendre le week-end prochain me semble trop difficile. S'il te plaît ma tante, dis oui ! S'il te plaît, s'il te plaît !
Nadia laissa les supplications de son neveu l'envahir, la submerger, avant de répondre :
- Il ne s'agit pas de mon approbation mon garçon, mais de celle de tes parents, mais je te promets d'essayer. Allez, file maintenant !
Lorsqu'elle resta seule, elle songea à sa belle-sœur, la maman de Sami, une femme de trente cinq ans, au visage illuminé de douceur et de tendresse qui, ces dernières années, était devenue triste et mélancolique. Le mauvais caractère de son époux et sa course frénétique après l'argent, la mettaient dans une situation qui oscillait perpétuellement entre la ruine et la fortune et lui enlevaient tout sentiment de sérénité possible. Sur son visage se lisait la lassitude et toute sa silhouette révélait l'engourdissement de l'âme, l'animosité de l'esprit.

Avec le mode de pensée de son mari, toute tentative de s'élever moralement était impossible. En roulant dans sa tête ces idées peu gaies, Nadia songea que dans la vie il y avait les riches, les pauvres et les pauvres riches, et que le père de Sami faisait partie de la troisième catégorie.

Cet homme à peine sorti d'une licence AES (Administration Economique et Sociale), affichait déjà ses grandes ambitions pécuniaires sans complexes. Pour lui, comme pour la plupart de ses amis, les métiers du commerce et de la finance représentaient le seul chemin possible vers la réussite sociale. Les autres professions nécessitant des compétences aiguës, acquises après de longues années d'étude et d'expérience, et où le gain d'argent n'apparaît pas facile, ou les métiers de passion et de patience supposant une vocation ne l'intéressaient guère. Seul l'argent rapide permettant de ne plus travailler le reste de sa vie le faisait rêver.

En occupant un poste de prestataire de services d'investissement (PSI) dans une grande entreprise, il entra dans le monde de la spéculation. Il pensait que depuis que les Américains avaient réussi à placer le dollar au centre du Système Monétaire International, les spéculateurs étaient devenus indispensables à toute société voulant rester dans la course et à partir de là, il ne fallait plus investir dans l'entreprise potentiellement la plus rentable mais dans celle dont tout le monde pensait qu'elle l'était. En économie, une ère nouvelle était apparue : celle de la poudre aux yeux !

Nadia téléphona à sa belle-sœur afin de tenir la promesse qu'elle avait faite à son neveu. Elle réussit à obtenir son accord sans trop de peine, la maman n'avait pas demandé d'explications particulières.
Le soir, comme convenu, le garçon se rendit chez son oncle. Ils dînèrent tranquillement en discutant de choses et d'autres qui avaient toutes le mérite de satisfaire les besoins culturels de l'enfant. Le couple avait l'habitude de laisser Sami s'exprimer librement. Ce soir-là, la discussion portait sur la conduite à tenir dans une civilisation où la supériorité intellectuelle ne s'alliait pas toujours à la valeur morale.
Une heure après, Nadia recommanda à son neveu d'aller se coucher en lui promettant de le réveiller juste avant minuit. L'enfant voulait rester réveillé jusqu'au rendez-vous extraordinaire, mais voyant que sa tante insistait, il dut reconnaître que le plus raisonnable était de consentir à aller au lit sans plus tarder.
Promesse tenue, à minuit tout le monde était présent.
- Chère Madame, parlez-nous encore de votre réseau mondial de communications et d'échanges, celui que vous nommez Internet. C'est passionnant de savoir que les hommes ont continué à donner de l'importance à la symbolique et à l'image. Seul l'imaginaire peut fabriquer des images, des représentations et des visions offrant des possibilités illimitées de communication, dit Rilke en ouvrant la conversation.

- De nos jours, nous parlons du *Virtuel* plutôt que de l'imaginaire. La croissance des techniques informatiques a en effet ouvert des champs de communications quasiment infinis entre des personnes du monde entier, mises en relation sans contact physique. C'est là que réside la force d'un tel univers. Des expressions comme image virtuelle, réalité virtuelle ou encore environnement virtuel, sont à la mode en ce moment, dit Nadia.

- Le génie des cultures humaines passe toujours par la création des langages symboliques qui laissent le sens s'instaurer dans le réseau des images qui leur sont propres. Ce n'est pas la collection d'une multitude d'images qui compte, mais la relation entre ces images. A ce sujet, Georges Braque, considéré comme une valeur phare de la peinture moderne de mon temps, avait dit : « *Je ne crois pas aux choses, mais aux relations entre les choses* » répliqua Rilke.

- A propos, si vous le permettez, je voudrais vous faire part de mon expérience personnelle dans ce domaine ! fit Rimbaud.

- Mais faites donc, mon cher Monsieur, répondit en chœur tout le monde.

- J'avais mené une étude sur la place du rêve dans le monde entier. Il m'était apparu alors que l'appartenance de l'homme au monde des rêves imagés a toujours été plus forte et plus constructive que son appartenance au monde des idées pures. Aussi ai-je œuvré à l'encontre des normes de mon époque pour que la poésie s'anime, pour qu'elle ait la couleur de la peinture, le son de la musique, le mouvement de la danse et du rêve. Nous autres poètes, dans notre œuvre de perception du monde, nous trouvons notre substrat dans le sens symbolique des choses et dans le rythme qui les relie, qu'il s'agisse de l'imaginaire, du rêve ou du virtuel.

- Et la meilleure, c'est que dans cet espace extraordinaire d'échanges qu'est Internet, on peut tout aussi bien se cultiver, se divertir, ou exprimer ses engagements sociaux et politiques en toute liberté, répliqua Nadia en se disant qu'elle devait maintenant leur parler du « Second World ».

- Approchez ! Si vous le voulez bien, répliqua Sami pris d'une inspiration subite. Je vais vous montrer de quoi parle ma tante, dit-il en allumant le micro ordinateur de Nadia, pendant que celle-ci discutait encore avec les deux hôtes.

En les écoutant discuter, l'enfant s'était dit qu'il lui fallait un décodeur pour comprendre toute leur conversation, mais en ce qui concernait l'utilisation des appareils électroniques, il était à l'aise. Comme pour la majorité des enfants de son âge, les ordinateurs, les téléphones portables, les consoles de jeu vidéo, les appareils photo numériques et compagnie, n'avaient pratiquement plus aucun secret.

Sans perdre de temps, il se connecta à Internet et choisit un moteur de recherche bien connu.

Il expliqua entre-temps le principe aux hôtes, que si l'on voulait des renseignements sur un produit, un endroit, une personne ou un objet quelconque, il suffisait de taper le nom de cette chose dans la fenêtre conçue à cet effet, et on obtiendrait aussitôt une série d'informations la concernant. Nadia le laissa faire sans intervenir, d'une part, pour ne pas le vexer et, d'autre part, pour éviter la tentation qu'elle ressentait de se connecter au réseau des Avatars.

Comme les deux hommes furent pris de court, ils ne proposèrent aucun mot à Sami, alors il eut l'idée de taper « Rimbaud » tout simplement. Il apparut immédiatement sur l'écran une liste de sites dédiés au poète tels que :
- *Arthur Rimbaud : Introduction*
- *Arthur Rimbaud : Biographie et poésie*
- *Liste des œuvres d'Arthur Rimbaud*
- *Arthur Rimbaud, le poète : textes, commentaires...*
- *Arthur Rimbaud, du poète à l'aventurier*
- *Arthur Rimbaud : Œuvre complète*

Avant de continuer la recherche, Sami demanda à Rimbaud de choisir l'un des sites. Ce dernier, extrêmement ému, lui indiqua naturellement le premier de la liste. Sami cliqua dessus et obtint des informations sur la vie du poète avec une balade à Charleville-Mézières, sa ville natale, la totalité de ses poèmes avec un index facilitant la visite.

L'émotion de Rimbaud était indescriptible quand il découvrit que dans sa ville natale avait été créé un

parcours reproduisant son cheminement lorsqu'il arpentait la cité en tous sens. Un parcours que tous ses admirateurs suivaient encore. Et pour que le voyage se poursuivît au-delà des frontières de la ville conformément à l'idéal du poète reconnu voyageur authentique, des plaques commémoratives, montrant les autres endroits où il avait vécu, étaient implantées un peu partout sur le parcours. En outre, un écran plasma retraçait la vie du poète de l'enfance jusqu'au moment où il s'abandonna au destin en recherchant l'ivresse de l'inconnu.
Au bout d'un certain temps, Rimbaud qui semblait retrouver la sensation du bonheur sensuel dont il jouissait au cours de ses promenades errantes, dit avec humour :
- Mes chers amis, je vous suis reconnaissant de m'avoir permis de me replonger dans mon errance, mais restons-en là, avant que de mauvais souvenirs ne remontent à la surface, avant que je n'aspire de nouveau à m'engloutir !
Sami demanda alors à Rilke s'il désirait aussi consulter les pages en ligne le concernant, et ce dernier y consentit. Tout comme le premier poète, le second ne fut absolument pas déçu, une masse d'informations sur lui était disponible sur différents sites ainsi qu'un forum de discussion ouvert aux internautes intéressés par l'œuvre du poète.
Le poète constata la grande popularité de *Lettres à un jeune poète* comme le lui avait appris auparavant Nadia.

Mais il fut très surpris en découvrant que la blessure qu'il s'était faite à la main par les épines des roses qu'il coupait dans son jardin, juste avant que sa leucémie ne fût déclarée, lui valut la légende du *Poète tué par une rose.* Cette découverte le réjouit d'autant plus que ce fût lui qui disait que chacun devrait avoir sa propre mort, une mort qui serait comme une métamorphose de la vie en une réalité intérieure invisible. Aussi pouvait-il continuer à vivre en paix dans son pays légendaire.

Les deux poètes venaient d'être rassurés sur leur participation active à l'éternité. Eux qui ne demandaient aucune félicité, aucun paradis artificiel, les voilà réussissant leur survie dans l'au-delà.

Hélas, les premières lueurs de l'aube commencèrent à se montrer, ce que Nadia fit remarquer à tout le monde. Malgré leur grand émoi, les deux hôtes remercièrent chaleureusement l'enfant et sa tante avant de disparaître.

VII

Le matin vers sept heures, Adam essaya de réveiller Sami mais ce dernier avait du mal à quitter le lit. Le garçon se leva pendant un court instant mais sa tête lourde et ses yeux à moitié fermés l'incitèrent à retourner se coucher. Sans doute les effets de la nuit blanche se faisaient-ils ressentir de manière excessive. Le voyant aussi mal au point, son oncle le laissa retourner au lit. Nadia approuva la décision de son mari en se disant qu'une matinée ratée à l'école valait mieux que de risquer un accident en sortant dehors dans un tel état de somnolence.

A onze heures, Sami se leva enfin. Il devait prévenir sa maman et lui demander de lui faire un mot d'excuse, comme le stipulait le règlement de l'école, pour pouvoir reprendre les cours dans l'après-midi. Sa maman n'avait pas vraiment le temps de le réprimander mais elle était tout de même fâchée contre lui. Quant à son père, il savait qu'il allait le gronder dans la soirée. En tout cas, son retour chez son oncle cette nuit-là relevait de l'impossible.

Après l'école, Sami appréhendait la réaction de son père, aussi s'empressa-t-il de se réconcilier avec sa maman avant l'arrivée de ce dernier. Pour cela, il lui fallut lui avouer le secret qu'il partageait avec sa tante. La maman fut très étonnée mais ravie, une telle expérience ne pouvait qu'enrichir son fils intellectuellement et lui ouvrir l'esprit.

Elle promit de cacher la vérité à son mari, de lui raconter une histoire qui justifierait l'absence de Sami à l'école, sans un mot sur le mystère de la bibliothèque. Il ne fallait à aucun prix dévoiler l'extraordinaire secret. Le soir, se laissant guider par ses réflexes de mère, elle tissa un petit mensonge sur mesure que son époux fit semblant de croire très facilement, trop facilement peut-être !

Ce soir-là, Nadia savait qu'elle ne verrait plus son neveu avant le week-end. Avant de recevoir ses hôtes de minuit, elle eut largement le temps de réfléchir aux possibilités que lui offrait le succès de son expérience insolite. L'hypothèse selon laquelle le fait de poser la pierre philosophale entre deux ouvrages permettait de faire apparaître leurs auteurs, lui ouvrait de nouveaux horizons. Dans sa réflexion, elle procéda étape par étape :

Première étape : Rimbaud et Rilke, deux auteurs morts.

Deuxième étape : choisir deux autres auteurs appartenant également au monde des morts, et sans doute d'éminents scientifiques.

Troisième étape : choisir deux auteurs contemporains parmi ceux qu'elle souhaitait connaître et qu'elle ne pouvait pas rencontrer dans la vie réelle.

Quatrième étape : passer à trois auteurs, voire plusieurs, et créer ainsi un salon de discussion de qualité à chaque fois qu'elle le désirait…

La méthode de la science n'est-elle pas une méthode d'hypothèses audacieuses et de tentatives ingénieuses ?

Nadia était habituée à ce genre de stratégie qui, pour elle, constituait une sorte de musique suave et familière. Naturellement, le passage d'une observation fortuite à l'expérimentation exigeait un schéma préalable, un plan d'observation. Le caractère polémique de ses connaissances allait devenir plus net. D'autres idées, dont l'évolution suscitait une satisfaction mentale peu commune, lui venaient progressivement à l'esprit, ce qui la fit passer le temps sans ennui jusqu'à minuit. A l'instant où les deux poètes lui apparurent, elle leur dit lentement et posément :
- Messieurs, comment allez-vous depuis notre dernière rencontre ?
- Bien, ma chère, et vous-même ? répondit Rimbaud.
- Tiens, où est passé votre neveu ? demanda Rilke.
- Il ne sera pas des nôtres cette fois-ci, il faut bien qu'il dorme la nuit compte tenu de son jeune âge.
- Ce soir, j'espère que vous allez nous parler un peu plus de vous. Vous savez tellement de choses sur notre vie, notre expérience poétique, nos engagements, notre solitude et même notre mort, alors que nous, nous ne savons pratiquement rien de vous, dit Rimbaud.
- La vérité est que je préfère vous écouter, vous voir vous exprimer sur tel ou tel sujet, car vous êtes des anciens qui disposez d'un regard neuf sur le monde d'aujourd'hui, ce qui est une aubaine absolue pour moi. Quant à ma vie, je vous avoue que je n'ai jamais su en parler à l'aise.

- Pour recevoir l'étranger dans sa solitude, on doit d'abord découvrir quelques traits de sa personnalité, répliqua Rilke. C'est une injonction ma chère, un devoir pour rompre le silence sans le regretter !
- Il le faut, en effet, chère Madame ! Dites-nous au moins les raisons pour lesquelles vous êtes devenue alchimiste ? Il nous paraît fort intéressant de comprendre d'où provient votre désir de toucher à cette discipline, dit Rimbaud.
- Au début de mes études, toutes les disciplines m'intéressaient, mais ayant décelé très tôt l'étroite relation entre les sciences et la philosophie, mes aspirations profondes m'orientèrent vers la physique et la chimie. Ce sont ces deux sciences que l'on nommait, il y a moins de deux siècles, « Philosophie naturelle » et « Alchimie ».
- Oui, en effet, le langage de la science a toujours été en état de révolution sémantique, d'ailleurs j'envie les scientifiques à ce sujet, fit Rimbaud avant que Nadia n'eût fini de parler.
- Avant même de comprendre les mécanismes réactionnels entre différents éléments, le spectacle qu'offraient les réactions chimiques tel qu'un changement de couleur, un embrasement ou tout autre effet spectaculaire, me procurait une joie immense. J'ai toujours été fascinée par le pouvoir de changer la nature de la matière, et les expériences que j'effectuais me le permettaient.

Quant à l'alchimie, elle m'apporta une sorte d'exaltation différente de toutes celles que j'ai connues auparavant, une exaltation qui me retenait parfois sans sommeil. C'était vraiment passionnant.

- Tout comme moi, dit Rimbaud, vous avez une attitude dynamique devant l'inconnu. Je comprends parfaitement votre enthousiasme pour la philosophie, mais que faites-vous pour préserver le dialogue, si je puis dire, entre les deux disciplines : physique et philosophie ?

- Lorsque je cherche à comprendre la structure de la matière ou à définir la nature de l'espace et du temps, j'ai recours à la physique. En revanche, dès que je réfléchis aux principes méthodologiques ou à la manière dont l'esprit humain se projette dans la nature, j'ai besoin de la philosophie.

- J'ai toujours pensé que l'on ne pouvait pas se contenter d'ouvrir les yeux sur la nature pour la comprendre, et que le scientifique avait l'avantage de pouvoir associer l'observation à l'interprétation des faits. Mais dites-moi, demanda Rilke, comment faites-vous pour aimer tous ces calculs, ces mesures, ces dosages et ces courbes sur lesquels se base votre travail ?

- Malgré les apparences, la recherche scientifique est basée d'abord sur l'intuition. C'est d'ailleurs en cela qu'elle m'intéresse. Pour être un bon chercheur, on doit constamment écouter son cœur et se fier à son instinct. Et même quand on est à court d'idées, on s'amuse à jouer à l'apprenti sorcier.

C'est la satisfaction intime et non l'évidence rationnelle qui motive en premier lieu le scientifique, répondit Nadia.
- J'avoue que je ne voyais pas les choses sous cet angle. En somme, vous seriez capable de vous attacher au cheminement d'une idée, bien que son origine soit impalpable, reconnut Rilke.
- En effet, il est sans importance, pour un chercheur, de savoir d'où provient exactement une idée, l'essentiel c'est de pouvoir la saisir et la développer quand elle se manifeste. Bien sûr, en science il faut connaître les principes fondamentaux et les lois de base, ne serait-ce que pour des raisons de sécurité. Mais pour être un bon chercheur, il faut continuellement accueillir le hasard comme une opportunité de découverte.
- Le hasard ? demanda Rilke incrédule.
- Oui, le hasard dont la physique ne peut faire l'économie car il y a de l'accidentel dans la nature. C'est un hasard objectif, pris dans le sens positif, répondit Nadia. Travailler avec le hasard, c'est ce que nous appelons la tactique.
- Je pense que pour être attentif au hasard, il faut d'abord avoir gardé la part du rêve dans son cœur, sans quoi la méditation indispensable à tout *Voyant* serait impossible, dit Rimbaud.
- Vous avez raison. En disant ceci, vous me faites penser aux éminents physiciens Pierre et Marie Curie, des génies pour qui la recherche scientifique constituait une

aspiration profonde, un rêve absolu et absolument essentiel.

- Oui, ceux qui reçurent en 1903 le prix Nobel de physique pour la découverte d'un élément magique qu'ils nommèrent le radium. Comment pouvez-vous affirmer que le travail acharné n'était pas la qualité majeure de ces personnes et la gloire, leur moteur ? demanda Rilke.

- Simplement parce que tout chercheur est amené à connaître plusieurs échecs avant d'aboutir, et que la persévérance demande une part non négligeable de rêve. D'ailleurs Marie Curie avait dit : « *Nous vivions dans une préoccupation unique, comme dans un rêve* » et son mari : « *Il faut faire de la vie un rêve, et faire d'un rêve une réalité* » Moi-même, lorsque j'entreprends des expériences nouvelles, je me heurte souvent à de multiples obstacles, et seul le rêve de la réussite me permet d'imaginer un avenir heureux, et m'évite de sombrer dans le découragement et le désespoir.

- A propos de désespoir, moi qui ai connu *le désert et la nuit* mieux que personne et qui ai *navigué à vue seul dans le désert*, je peux vous assurer que, plus particulièrement pour le poète, le rêve est sans doute le seul moyen de sauvegarder sa force et son espérance, dit Rimbaud.

- J'ai toujours pensé que les poètes ne devaient pas renoncer à leurs rêves, qu'ils leur étaient liés par une espèce d'alliance secrète, sans quoi la poésie pourrait disparaître, ajouta Rilke.

- Rassurez-vous, Messieurs, cela ne peut arriver car il y a encore des poètes partout dans le monde, qui composent dans toutes les langues et qui défendent la poésie coûte que coûte. Tous, poètes du *Grand Jeu* ou non, forment un édifice solide qui résiste contre la mémoire oublieuse de l'être humain et la médiocrité du langage collectif. Là où ils se trouvent, ils continuent leur tâche de faire sentir à l'humanité les forces sensibles de la vie, dit Nadia.

A ce moment-là, Nadia et ses hôtes prirent conscience que la naissance de l'aube était imminente. Ils se dirent au revoir et se donnèrent rendez-vous pour le prochain minuit.

VIII

Le matin, le père de Sami insista pour le conduire en voiture à l'école. Sur le chemin, il lui dit fermement :
- Maintenant, tu me dis la vérité, qu'est-ce qui t'a poussé à manquer l'école hier matin ? Je sais que ta maman m'a menti, il s'est sûrement passé quelque chose de grave chez ton oncle. Si tu ne me dis pas le vrai motif de ton absence, je vais aller le lui demander moi-même.
- Mais non papa, tu te fais des idées, c'est tout.
Le père de Sami ne comptait pas en rester là, il n'était pas homme à s'en laisser conter. Il savait que son fils lui cachait la vérité, et la réponse de ce dernier le mit en colère.
- Cesse de mentir, sinon, tu n'iras plus jamais chez ton oncle. Suis-je assez clair ?
- Oui, papa. Acquiesça l'enfant à contrecœur.
Sami, comme tous les enfants de son âge, avait la capacité de résister aux interrogations des adultes, mais pas à leur chantage. Il se voyait déjà privé de toutes les activités que son oncle et sa tante partageaient avec lui, aussi bien les escapades à la piscine, les séances de cinéma, de théâtre ou toute autre activité sportive ou culturelle. Terminées, les longues balades à pieds dans les jardins et les parcs. Plus question non plus de longer les quais de la Seine ou de manger une glace dans le Quartier Latin.

Pendant que l'enfant faisait l'inventaire des principaux éléments qui donnaient un sens singulier à sa vie, son père continuait à l'interroger en agressant ses oreilles par des cris absolument désagréables. Ce n'était pas la première fois qu'il remarquait à quel point son père pouvait avoir une voix haute et menaçante, mais cette fois-ci, c'était plus grave car l'enjeu était de taille. Sami risquait de perdre tout contact avec sa tante Nadia que, de toute évidence, il considérait comme une femme formidable sous tous les rapports.

Dans ce moment trouble où les yeux de son père commençaient à rougir de colère, Sami ne pouvait pas inventer de mensonges. Dans de telles circonstances, dire la vérité était la seule solution possible et envisageable par l'enfant. En effet, il parvint à calmer la contrariété et l'exaspération de son père en lui racontant toute l'histoire. Après l'avoir écouté attentivement, ce dernier ne fit aucun commentaire. Il dit de manière décontractée et avec une douceur subite :

- Eh bien voilà, enfin nous y sommes ! Ce soir, c'est moi qui te conduirai chez ton oncle. N'aie pas peur ! Maintenant tout est arrangé, ajouta-t-il d'un air rassurant.

- S'il te plaît papa, ne dis rien à Nadia ni à mon oncle. J'avais promis de ne rien dire à personne, poursuivit innocemment l'enfant.

- D'accord, je ferai semblant de ne rien savoir. A présent, file à l'école !

Après cette promesse jetée à voix claire et intelligible, père et fils vaquèrent à leurs occupations habituelles et le reste de la journée se déroula sans problème.

En fin d'après-midi, Sami se rendit chez son oncle, accompagné de son père. Nadia surprise, interrogea le garçon du regard. Ce dernier lui répondit dès qu'ils furent un moment seuls :

- Ce n'est rien, il a insisté pour me conduire chez vous en voiture et je n'ai pas voulu le contrarier pour qu'il m'autorise à passer la nuit ici.

Aussitôt dit, le père qui était allé boire de l'eau dans la cuisine, revint le visage rayonnant. Il s'assura que Sami avait bien son cartable pour l'école le lendemain, puis repartit tout sourire.

Le garçon, qui avait des devoirs de classe longs à faire s'y mit sans perdre de temps, pendant que Nadia préparait le dîner. Comme d'habitude, la soirée fut agréable et lorsque le moment de se coucher arriva pour Sami, sa tante lui promit de le réveiller pour le rendez-vous fantastique. La joie peinte sur le visage de l'enfant, au moment où il alla dormir, montra à sa tante combien cette expérience extraordinaire qu'elle partageait avec lui, constituait une véritable révolution dans sa vie.

Minuit arriva enfin. Ne voyant pas ses hôtes apparaître, inquiète, Nadia fit un bond vers l'emplacement de son creuset mais celui-ci n'y était plus. Catastrophe absolue : la pierre philosophale avait disparu. Une ombre noire se dessina sur le visage de Nadia.

Elle n'arrivait plus à respirer, comme si ses poumons s'étaient brusquement arrêtés de fonctionner. Sur le coup, elle crut que son cœur allait défaillir. Le choc était terrible et, à bout de force, elle se laissa tomber sur une chaise.

Elle songea amèrement à toutes ces expériences remarquables qu'elle projetait de réaliser, à tous ces phénomènes extraordinaires reliés entre eux par un ordre logique et harmonieux…

Que faire désormais ? Comment retrouver son bien ? Un obstacle de taille venait de se dresser devant elle, et la solution lui échappait totalement. Comme il allait falloir être forte pour supporter un heurt aussi dur !

Sami, les yeux pleins de larmes, se tenait debout sur le seuil de la bibliothèque. Les lèvres pincées solidement, il observait sa tante en silence. Selon toute apparence, quelqu'un avait dérobé la pierre philosophale et en accuser son père lui était malheureusement inévitable. Qui d'autre était venu ici ? Une question brûlante qu'il s'empressa de poser, plus abruptement qu'il ne l'aurait souhaité, à Nadia, mais elle lui répondit qu'elle n'avait reçu aucune visite ce jour-là. Elle secouait la tête perplexe comme si elle n'arrivait pas à croire que le creuset eût réellement disparu. Elle serrait les lèvres comme si elle employait toute son énergie à ne pas crier de colère.

Le pauvre enfant transi, voyait son appréhension et sa crainte poindre au bout du compte.

Il s'agissait d'une vérité terrible à penser, dure à supporter et impossible à révéler. Il voulait s'approcher de sa tante, lui dire quelque chose de réconfortant, mais il ne put rien faire. Sa volonté se perdait dans ses pensées les plus obscures. Il regardait Nadia et pestait contre lui-même : « Qu'est-ce que tu as fait ? Tout ceci, c'est de ta faute ! »

Curieusement, les heures passèrent en effleurant à peine l'état de désolation et de tourment dans lequel s'étaient plongés tante et neveu. Un sentiment pénible d'impuissance teintée de dépit s'installa dans leur cerveau et ne les lâcha plus de toute la nuit.

Vers six heures du matin, la sonnerie du téléphone les fit sursauter. Lorsque Nadia décrocha le combiné, elle reconnut la voix de sa belle-sœur atterrée, qui lui dit :

Venez vite ! Il y a eu une explosion dans le garage ! J'ai appelé les pompiers mais... mais je ne trouve mon mari nulle part, il a disparu !

Sommaire

Avant-propos   7
Le masque de Venise   9
La métamorphose numérique   45
Le mystère de la bibliothèque   99

Du même auteur

Prose :

-*Histoires courtes du Maroc*, Nouvelles, Société des écrivains, 2007.
-*Triptyque fantastique*, Roman, Première édition Edilivre, 2008.
-*Maktoub et autres nouvelles*, Edilivre, 2009.
-*La Fable du deuxième sexe*, Roman, Le Scribe l'Harmattan, 2011.
-*Malgré la lumière du phare*, Théâtre, Amazon, 2014.

Poésie :

-*Voici défait le silence*, Société des écrivains 2006, Edilivre 2009.
-*Entre ombre et lumière*, Edilivre 2007.
-*Et le cheval se relève*, Edilivre 2009.
-*Le Velours du silence*, L'Harmattan, 2010.
-*Sur les dunes de l'aimance*, L'Harmattan, 2011.
-*Soudain les roses pourpres*, L'Harmattan, 2012.
-*Et un ciel dans un pétale de rose*, Poèmes entrecroisés, coécrit avec Jacques Herman, L'Harmattan, 2013.
-*Le chemin vers l'autre*, Poèmes bilingues (français-arabe), Le Scribe l'Harmattan, 2014.
-*Risées de sable,* coécrit avec Jacques Herman, L'Harmattan, 2015.

Achevé d'imprimer par Corlet Numérique - 14110 Condé-sur-Noireau
N° d'Imprimeur : 123495 - Dépôt légal : novembre 2015 - *Imprimé en France*